아 르 고 호 의 선 원 들

아르고호의 선원들

매기 넬슨 지음 이예원 옮김

PLAY
TIME

해리에게

일러두기

1 인용문은 모두 옮긴이가 번역했습니다.
2 원서의 이탤릭체는 기울임체로, 대문자는 고딕체로,
   밑줄은 밑줄로 표시했습니다.
3 본문에서 옮긴이가 첨가한 내용과 인용문에서 지은이가
   첨가한 내용은 대괄호로 묶어 표시했습니다.
4 단행본, 잡지, 신문에는 겹낫표를, 논문, 단편 소설, 시,
   미술, 영화, 사진, 방송, 게임 등에는 낫표를 사용했습니다.

2007년 10월. 세찬 산타아나 국지풍이 허연 유칼립투스 나무껍질을 가리가리 벗긴다. 이런 날씨에 친구와 나는 목숨을 내걸고 밖에 앉아 점심을 먹는다. 친구가 나보고 HARD TO GET(만만하지 않음) 세 단어를 손가락에 문신 하면 어떻겠냐고, 이렇게 삐기어 맛보게 될 열매를 잊지 않기 위해서라도 이 말을 새겨 보라고 부추긴다. 하지만 네가 내 항문을 처음 파고들던 순간, 혼자 사는 네 꿉꿉하 고도 매력적인 집의 시멘트 바닥에 얼굴을 박고 있던 내 입에서 정작 쏟아져 나온 세 단어는 *I love you*였다. 네 침 대 머리맡엔 사뮈엘 베케트의 『몰로이』가 놓이고, 사용하 지 않는 그늘진 샤워 칸에는 딜도가 가득 쌓여 있었다. 더 바랄 게 있나? *쾌락을 말해 봐요.* 너는 물었고, 내 대답을 들으려 옆에 머물렀다.

우리가 만나기 전까지 나는 형언한 것 안에는 형언할 수 없는 것이—형언할 수 없게도!—담겨 있다는 비트겐슈타 인의 이론에 오랫동안 골몰해 온 터였다. 말할 수 없는 것 에 관해서는 *침묵해야 한다*는 다분히 경건한 그의 또 다른 명구만큼 자주 회자되지는 않지만, 나는 이 문장이 비트 겐슈타인의 보다 심오한 사유를 담고 있다고 본다. 그리고 그 안에 함축된 역설이야말로 말 그대로 내가 글을 쓰는 이유, 또는 계속해서 글을 쓸 수 있다고 여기는 이유다.

이 패러독스는 말로 포착되지 않는 것을 말로 표현할 길이 없다는 무력감과 그 무력감이 유발하는 실존적 불안을 부추기지도 찬미하지도 않는다. 말할 수 있는 것이 그 정의상 말할 수 있는 것 이상이 될 수 없다는 사실을 빌미로 말할 수 있는 것을 하대하거나 벌하지도 않는다. 그렇다고 말문이 막힌 척하며 아아, 말만 충분했다면 온갖 것을 말했을 텐데 하고 허풍 치지도 않는다. 말은 충분하다.

구멍이 숭숭하다고 그물을 탓하는 건 부질없는 노릇이라고 백과사전이 내게 일러 준다.

그리하여 흙바닥에 흙 한 톨 안 보이게 비질해 둔 텅 빈 교회당이 존재하는 동시에 높은 서까래 밑으로 장대한 색유리 창이 영롱한 빛을 반짝이는 성당 또한 존재할 수 있다. 우리가 하는 어떤 말도 신의 공간을 망칠 수는 없으므로.

이에 대해선 이미 다른 글에서 설명한 바 있다. 여기서는 다른 얘기를 하려 한다.

얼마 후에 나는 넌 너대로 말이 충분치 않다는 확신에 오랫동안 골몰해 왔음을 알게 됐다. 다만 너는 말이 충분치 않다는 데서 그치지 않고 말은 선한 모든 것, 실재하는 모든 것, 흐름으로 존재하는 모든 것을 좀먹는다고 주장했다. 이를 두고 우리는 악의 없는 열의에 차 논쟁에 논쟁을 거듭했다. 무엇인가에 한번 이름을 붙이고 나면 다시는 이전과 같은 방식으로 바라볼 수 없게 된다고 너는 말했다. 이름 붙일 수 없는 모든 것이 흩어져 사라지고 상실되고 살해된다. 너는 이를 우리 마음의 판박이 기능이라 불렀다. 그리고 이 사실을 언어를 기피하기는커녕 언어에 몸을 담그며 깨달았다고, 화면과 대화와 무대와 지면의 언어에 깊이 침잠하면서 알게 되었다고 말했다. 나는 토머스 제퍼슨과 제각각인 예배당을 근거로 들며 과잉을, 만화경과 같은 뒤섞임을, 초과를 주장했다. 말은 명명 이상의 기능을 갖는다고 우겼다. 『철학적 탐구』 머리말을 네게 소리 내어 읽어 주었다. 석판, 이라고 외쳤다. 석판!

한동안은 내가 이긴 줄 알았다. 너는 그럭저럭 괜찮은 인간도 있을 수 있다고, 그럭저럭 괜찮은 인간 동물이 존재할 가능성이 있기는 하다고 수긍했다. 그 인간 동물이 비록 언어를 활용한대도, 언어 활용이 그 인간 동물의 인간성을 어떤 식으로든 정의하는 핵심 요소라 해도―그리고 인간성이 이 소중하고 가지각색인 행성과 행성의 미래와 우리의 미래까지 깡그리 망가뜨리고 불태워 버리는 장본이라 해도.

하지만 그사이 나도 변했다. 이름 붙일 수 없는 것들, 어쨌거나 저희 본질상 명멸하기 마련이거나 유동적인 것들을 새로운 눈으로 보게 됐다. 인간도 결국 멸종한다는 슬픈 사실과 다른 종의 멸종을 불러온 우리의 불의를 다시금 시인했다. *생각할 수 있는 모든 건 명료하게 생각될 수 있다*고 자기 만족적인 말투로 반복하던 버릇을 버리고 과연 모든 것이 생각될 수 있는지 새로이 의문을 품었다.

루트비히
비트겐슈타인

그리고 너. 너는 뭘 주장할 때고 말문 막힌 시늉을 하는 법이 없었다. 오히려 무수한 단어의 항적을 남기며 나를 한참 앞질렀다. 그런 널 내가 어떻게 따라잡아? (이 말은 *네가 나를 원할 리가 없잖아*라는 뜻이었다.)

사랑 선언을 한 다음 날인가 다다음 날, 속을 까발리고 당황한 난 『롤랑 바르트가 쓴 롤랑 바르트』에 나오는 구절을 네게 보냈다. "당신을 사랑한다"고 말하는 이는 "선박의 이름은 그대로임에도 바다를 항해하며 배를 점차 새로이 만들어 가는 아르고호의 선원"과도 같다고 바르트가 설명한 대목이었다. 시간이 지나면서 선체의 각 부위가 교체되고 그러므로 더 이상 예전과 같은 선박이 아님에도 변함없이 아르고호라는 이름으로 부르듯이, 연인이 "당신을 사랑한다"고 말할 때 이 문장에 담긴 의미는 그 문장을 사용함으로써 매번 갱신되어야 한다. "동일한 한마디에 억양과 어조, 굴절을 통해 나날이 새로운 굽이들을 부여하는 것이야말로 사랑의 과제이자 언어의 과제"이기에.

나는 이 대목이 낭만적이라고 생각했다. 너는 내가 사랑 고백을 무르려는 의도로 이 글을 보냈다고 여겼다. 이제 와 보면 둘 다였지 싶다.

네가 내 고독에 구멍을 냈어. 나는 말했다. 그간 유용했던 고독이었다. 그리 오래되지 않은 시점에 술을 끊기로 결심하고 방벽처럼 둘러친 고독이었기에. 부겐빌레아꽃이 흐드러진 할리우드의 너저분한 뒷골목들을 지나 YMCA 회관까지 먼 길을 걸어갔다 되돌아오는 기나긴 산책, 장 장한 밤을 때우려 멀홀랜드 드라이브를 차로 오르락내리 락하던 시간, 대상을 염두에 두지도 않고 한바탕씩 쏟아 내는 글쓰기 가운데 쌓아 올린 고독이었다. 그리고 이제 그 고독에 구멍을 낼 때가 온 것이었다. 너한테라면 나를 지키면서도 뭐든 다 줄 수 있을 것 같아. 지하층의 네 침대 에 누워 속삭였다. 이것이 고독을 제대로 지켜 온 사람에 게 주어지는 상이다.

몇 달 후 우리는 샌프란시스코 시내 호텔에서 크리스마 스를 보냈다. 내가 인터넷으로 잡아 둔 방이었다. 방을 예 약한 내 행동과 그 방에서 우리가 함께 보낼 시간, 이 두 가지를 토대로 네가 날 영원토록 사랑하게 되길 바랐다. 호텔에 도착해서야 숙박비가 저렴한 이유를 알아차렸다. 내외부에 걸친 대대적인 공사가 보란 듯이 진행 중인 데 다, 건물은 크랙 코카인으로 황폐해진 동네 한복판에 있었다. 상관없었다. 우리에겐 달리 몰두할 일이 있었으니까. 우리가 몰두할 동안 밖에서는 망치를 요란히 휘두르는 소리가 들렸고, 공사 인력을 간신히 가린 낡고 닳은 블라인드 사이로 햇빛이 비집고 들었다. 죽이지만 마. 가죽벨트를 끄르며 미소 짓는 네게 나는 말했다.

바르트 이후 나는 다시 시도해 보았다. 이번에는 마이클 온다치가 쓴 시의 구절을 보냈다.

배에 입을 맞춘다
너의 흉터 진
살갗 선박에. 역사란
네가 타고 온 것이자
이고 가는 것

한때 너의 배에 또 나의 배에
우리가 서로 모르는 이들이
입을 맞추었지만

나는
네 배에 입 맞춰 온
모두의 가호를 빈다

이 시에 담긴 평정심을 나도 얼마간 확보하게 되어 보낸 건 아니었다. 언젠가는 나도 이러한 경지에 이르기를, 이

글거리는 질투심이 사그라지는 날이 오기를 바라며 보냈지. 네 살갗에 잉크로 새겨진 다른 이들의 이름과 이미지를 괴리감이나 불쾌감 없이 바라볼 수 있는 날이 오길 희망하며. (만난 지 얼마 안 됐을 때 우리는 낭만적인 데이트 삼아 윌셔 대로의 '문신 지움 박사' 닥터 태토프를 찾아갔다. 그의 도움을 받아 네 살갗-도화지를 말끔히 비우고 둘이서 새 시작을 할 수 있으리라는 생각에 잔뜩 들뜬 채로. 하지만 가격을 보는 순간 잉크를 완전히 지우기란 요원하리라는 사실을 깨닫고는 한참 풀이 죽어 가게를 나와야 했다.)

점심을 먹은 뒤에 '만만하지 않음' 문신을 제안한 친구가 작업실로 날 데려가더니 널 검색해 주겠다고 자진한다. 네가 어떻게 불리길 원하는지, 선호하는 대명사가 뭔지 인터넷으로 알아낼 수 있을지 찾아보겠다는 거다. 너와 내가 모든 여유 시간을 서로의 침대에서 보내고 벌써 살림을 합치자는 얘기까지 나온 시점이었음에도 혹은 벌써 그런 단계에 접어들었기에 내 입으로는 차마 물어볼 엄두를 내지 못하고 있던 질문이었다. 대신 나는 대명사를 아예 생략하고 말하는 기술을 순식간에 익혔다. 이때 관건은 상대방의 이름을 아무리 반복해도 그 소리가 거슬리지 않도록 귀를 단련하는 데 있다. 어디로도 이어지지 않는 막다른 문법 주머니 깊숙이 숨어들어 특수성의 향연에 편안히 젖어 들 준비가 돼야 한다. '둘' 너머의 경우를 받아들이는 법을 배워야만 한다. 그것도 파트너십을, 심지어는 혼인 관계를 표현하고자 하는 바로 그 순간에. 혼인은 커플의 반대입니다. 여기 이항 기계(질문-대답, 남성-여성, 인간-동물 등등)는 더 이상 존재하지 않습니다. 어쩌면 대화도 이런 건지 몰라요, 그저 어떤 되어 감의 윤곽선인지도.

이런 대화에 아무리 도가 텄다 한들, 나는 너와 내 비행기 표를 예약하거나 우리를 대표해 내 일터의 인사부와 이야기를 주고받아야 할 때마다 여전히 고개를 쳐드는 수치심과 혼란감에서 이날 이때까지도 자유롭지 못하다. 나 스스로 느끼는 수치심이나 혼란감보다는 상대방이 자꾸 잘못 짚는 통에 내가 계속해서 바로잡아 줘야 하는, 그런데 말 자체의 불충분함 때문에 그조차 바로잡아 줄 수 없는 상황에서 내가 상대방을 대신해 느끼는 수치심(혹은 열불 나는 답답함)에 가깝지만 말이다.

어떻게 말이 충분하지 않을 수 있지?

친구의 작업실 바닥에 누워 사랑앓이하며, 외면하고 싶은 눈부신 정보의 흐름을 친구가 나 대신 스크롤하는 모습을 실눈을 뜨고 본다. 다른 누구의 눈에도 보이지 않는 너, 긴밀하다 못해 삼인칭이 비집고 들어올 틈이 없는 너를 원한다. "어, 여기 존 워터스가 '그녀는 아주 잘생겼다'고 말했다고 나오는데. 그럼 she를 써야 하지 않을까? 다른 사람도 아니고 존 워터스잖아." 그게 벌써 몇 년 전 얘긴데. 나

15

는 바닥에 붙은 채로 답답해한다. 그 사이 *바뀌었을 수도 있 잖아.*

네가 부치 버디 영화 「수단 방법 안 가리고」By Hook or By Crook를 만들던 당시, 공동 각본가인 사일러스 하워드는 부치 인물들이 서로를 he/him으로 지칭하는 반면, 식료 품 가게나 권위를 지닌 인물 등 바깥 세상 사람들은 이들 을 she/her로 부르도록 시나리오를 썼다. 바깥 세계가 이 들이 선호하는 성별 대명사를 제대로 배우기만 하면 만 사형통할 거라는 요지를 전하려 그런 건 아니었다. 외부 인이 이들을 he로 부른다 해도 그건 다른 종류의 he일 수 밖에 없기 때문이다. 말은 누가 하느냐에 따라 달라진다. 여기엔 치유책이 없다. 새 어휘(보이boi, 시스젠더화된, 앤 드로-패그andro-fag)를 소개하고 이들이 뜻하는 바를 구체 화하는 것만으로는 답이 될 수 없다(물론 이렇게 해서 얻 는 힘과 실용성이 있음은 명백하지만). 이와 더불어 수많 은 가능한 용례와 맥락, 낱낱의 단어가 날아오르게 만들 날개들 또한 파악해야 한다. 네가 내 귀에 대고 *넌 구멍일 뿐이야, 내가 가득 채워 주길 기다리는 구멍*이라고 속삭일 때처럼. 내가 널 남편이라고 부를 때처럼.

우리가 사귀기 시작한 지 얼마 안 돼 동석한 어느 파티에 서, 해리를 얼마간 알고 지낸 (짐작건대 스트레이트이거 나 적어도 스트레이트 결혼을 한) 여자가 날 보고 말했다.

"그럼 해리 전에도 다른 여자들 사귀어 봤어요?" 나는 깜짝 놀랐다. 그는 개의치 않고 말을 이었다. "스트레이트 아가씨들이 항상 해리를 밝혔죠." 해리가 여자인가? 나는 스트레이트 아가씨인가? 내가 "다른 여자들"과 과거에 맺은 관계와 지금 이 관계 사이에 어떤 공통점이 있나? 내가 왜 내 해리를 밝히는 다른 "스트레이트 아가씨들"을 생각해야 하지? 내가 이미 어느 정도 간파한 해리의 상당한 성적 마력이 일종의 주문이고 나는 그 주문에 걸려든 셈이어서 그가 다른 이들을 홀리려 떠나면 그제야 버림받은 채로 그 마력에서 서서히 벗어나는 그런 상황이라고? 왜 잘 알지도 못하는 여자가 나한테 이런 말을 하고 있지? 해리는 화장실에서 언제 돌아오려나?

주나 반스가 레즈비언으로 정체화하지 않고 자기는 "다만 셀마를 사랑했을 뿐"이라고 말하기 좋아했다는 설에 답답함을 토로하는 사람들이 있다. 소문에 의하면 거트루드 스타인도 앨리스에 대해 딱 저 표현을 쓴 건 아니지만 어쨌거나 비슷한 맥락의 주장을 했다고 한다. 이게 왜 정치적으로 속 끓는 일인지야 충분히 이해하지만, 난 이런 이야기가 꽤나 낭만적이라고도 늘 생각했다. 개별적으로 경험하는 욕망이 정언적이거나 단정적인 욕망의 경험보다 우선하도록 허용하는 낭만이라고. 이런 일화는 예술사가 T. J. 클라크가 가상의 대담자들을 상대로 자기가 18세기 화가 니콜라 푸생에게 기울이는 관심을 변호하며 한 말을 떠올리게 한다. "푸생에게 관심을 가졌다고 향수에 젖었다든가 엘리트주의적이라고 말하는 건 누군가가 몹시 아끼는 사람에게 보이는 관심을 일컬어 '이성(또는 동성) 차별적'이라거나 '독점적'이라거나 '소유적'이라고 하는 거나 진배없다. 그래, 그런 측면도 있을 수 있다. 그런 대략적인 한계를 지니고, 그런 점에서 유감스럽다고 볼 수는 있다. 그래도 그 관심 자체는 그러한 정서나 충동에 전혀 오염되지 않은 관심사에 비해 훨씬 완전하고 인간적이며, 더 많은 인간적 가능성과 공감을 지니지 않나 싶다." 여기서 오염은 다른 데서와 마찬가지로 자격 상실로 이어지기보다는 *심층으로 스미게* 만든다.

게다가 반스와 스타인이 셸마 우드와 앨리스 토클라스 이외의 여자들과 관계를 가졌다는 건 다들 아는 사실이다. 앨리스도 물론 알았다. 전해지는 이야기에 따르면 앨리스는, 스타인의 초기 소설 『Q. E. D.』가 그와 메이 북스테이버—앨리스와 마찬가지로 스타인의 편집자이자 타자수였던—간의 삼각 관계를 비밀리에 담고 있다는 사실을 알고 난 뒤, 스타인의 『스탠자 명상』*Stanzas in Meditation* 원고를 다시 타자하는 과정에서 May나 may가 등장할 때마다 질투심에 온갖 꾀를 동원해 그 낱말을 원고에서 지워 버렸다고 하니, 『스탠자 명상』은 그때부터 부지불식간에 공동 작업물이 되었던 셈이다.

2월로 접어들 즈음 난 어느새 나와 너, 그리고 아직 만나보지 못한 네 아들이 함께 살기 적당한 규모의 집을 찾아

도시 이곳저곳을 기웃거리고 있었다. 마침내 우리는 언덕 중턱에 지은 집을 찾았다. 짙고 반질반질한 원목 마루와 산이 보이는 전망을 갖춘, 월세가 지나치게 높은 집이었다. 열쇠를 받은 날, 우리는 달뜬 마음을 참지 못하고 우리 둘의 첫 침실이 될 방에서 나무 바닥 위에 얇은 담요 한 장을 깔고 잠을 청했다.

그 전망. 잡나무가 거칠게 우거진 숲 위로 물 흐름이 거의 보이지 않는 못이 들어앉은 볼품없는 전망이었지만, 어쨌거나 2년간 그 산은 우리 것이었다.

그리고 어느새 나는 네 아들의 옷가지를 개고 있었다. 이제 막 세 살이 된 아이였다. 양말 작은 것 좀 봐! 속옷 작은 것 좀 봐! 나는 경탄했고, 아침마다 손톱 끄트머리 분량의 코코아 가루로 아이에게 미지근한 코코아를 만들어 주고 몇 시간씩 같이 전사자 군인 놀이를 했다. 네 아들은 옷부터 갖춰 입은 뒤 그 복장 그대로 바닥에 쓰러지듯 드러누웠다. 스팽글 쇠 투구, 칼, 방패, 전투 중에 부상당해 스카프로 동여맨 팔 또는 다리. 나는 만병을 낫게 하는 가루를 뿌려 아이를 되살리는 착한 파랑 마녀 역을 맡았다. 착한 마녀에게는 사악한 쌍둥이 자매가 있었고, 애초에 아이가 전사한 것도 이 나쁜 마녀가 독이 든 파란 가루를 쓴 탓이었다. 하지만 이제 내가 다 낫게 해 줄 터였다. 아이가 눈을 감고 미동도 않은 채 얼굴에 엷은 미소만 머금고 바닥에 누워 있는 동안 나는 대사를 읊듯 혼잣말을 했다. 이 군인은 대체 어디서 온 거지? 어쩌다가 집에서 이렇게 멀어진 걸까? 부상이 심하려나? 잠에서 깼을 때 다정하게 굴까 험악하게 굴까? 내가 착한 마녀인 걸 알아차리려나 아니면 내 쌍둥이로 착각하려나? 내가 무슨 말을 해야 이 군인이 되살아나려나?

그해 가을 내내 주민 발의안 8호를 찬성한다는 YES ON PROP 8 팻말과 표지판이 사방에 솟아났는데, 개중 유난히 눈에 잘 띄는 표지판은 내가 출퇴근길에 지나는 헐벗고 아름다운 산허리에 박힌 것들이었다. 캘리포니아주 내에서는 이성 결혼만 인정하자는 주민 발의안에 지지를 표하는 이 표지에는 대 자로 하늘 높이 손을 쳐든 막대 인간 네 명이 그려져 있었다. 손을 높이 쳐든 건 벅차게 끓어오르는 이성애 규범적 희열감을 주체할 길이 없어서인 듯했는데, 그중 한 명이 삼각 치마를 입은 모습으로 그려져 있는 게 그 단서였다. (그나저나 저 삼각형으로 대체 뭘 나타내려는 거지? 내 보지?) '캘리포니아의 어린이를 보호합시다!' 막대 인간들이 소리쳤다. 아일린 마일스

애꿎은 산 중턱에 꽂힌 그 팻말을 지날 때마다 나는 캐서린 오피의 1993년 작 「자화상/커팅」Self-Portrait/Cutting을 떠올렸는데, 이 사진은 오피가 자기 등에 새긴 집과 손을 맞잡은 막대 여자 두 사람(삼각 치마 두 개!), 해와 구름, 새 두 마리를 담고 있다. 사진을 찍을 때까지도 오피의 등에서는 피가 흐르고 있었다. "반려자와 헤어진 지 얼마 되지

20

않았던 그 무렵 오피는 가족을 꾸리고 싶어 했고, 이 이미지는 그 간절한 바람에 내포된 온갖 고통스러운 모순을 발산한다"고 『아트 인 아메리카』는 설명한다.

이해가 안 돼. 나는 해리에게 말했다. 삼각 치마가 두 개인 걸 빼곤 8호 발의안 포스터와 하나 다를 바 없는 가족을 누가 원한다고?

캐시는 원하나 보지. 해리가 어깨를 으쓱이며 말했다.

언젠가 나는 특정 게이 남자(존 애시베리, 제임스 스카일러)와 몇몇 여자(버나뎃 메이어, 앨리스 노틀리)의 시에 나타나는 가정성을 주제로 책을 쓴 적이 있다. 이 책을 나는 브루클린 간선 도로와 마주하고 지하철 F선이 그 아래 밑줄을 긋듯 지나는 뉴욕시의 비좁고 무더운 다락 원룸에서 썼다. 그 당시 내가 가진 거라곤 화석 같은 쥐똥으로 무용지물이 된 레인지, 맥주 두어 병과 요구르트 꿀땅콩 맛 에너지 바 몇 개뿐인 냉장고, 침대랍시고 플라스틱 우유 상자에 합판을 얹고 깔아 놓은 바닥 요, 아침 점심 저녁으로 문이닫힙니다안전하게뒤로물러서시기바랍니다 소리가 들려오는 바닥이 전부였다. 나는 하루 중 기껏해야 일곱 시간을 이 방에서, 대개 침대에 누운 채로 보냈다. 잠은 아예 다른 데서 잘 때가 더 많았다. 그 시절에 나는 거의 모든 글을 공공 장소에서 쓰거나 읽었고, 지금 이 글도 공공 장소에서 쓰고 있다.

한동안 난 뉴욕에서 월세살이에 만족하며 지냈는데 이건 월세살이가, 적어도 내가 월세를 들어 사는 방식이 주변 환경을 개선하려 손 하나 까딱하지 않는, 말 그대로 주위가 무너지고 해지고 내려앉도록 내버려 두는 것을 의미해서였다. 그러다 한계에 달했다 싶을 땐 다음 장소로 이동해 가면 그만이었다.

여러 페미니스트가 여성 고유의 분리된 영역으로서의 가 수전 프레이먼정은 기울고 윤리, 정동, 미학, 공공으로서 가정성이 재조명될 때라고 주장해 왔다. 이러한 재조명이 정확히 뭘 의미할지 나로서는 잘 모르겠지만, 어쨌거나 나도 내 책에서 유사한 시도를 했던 것 같기는 하다. 하지만 내게 가정이랄 게 없고 내가 그편을 선호한다는 사실이 그 뒤에 작용하고 있다는 짐작은 당시에도 들었다.

내가 전사자 군인 놀이를 좋아한 건 네 아들이 말없이 누워 있는 틈을 타 아이의 얼굴을, 큼직한 아몬드 모양 눈과 주근깨가 돋기 시작한 피부를 익힐 시간을 누릴 수 있어서였다. 그리고 네 아들도, 순식간에 가족의 일원이 되어 가고 있는 가깝고도 낯선 사람이 다친 부위를 찾아 주겠다고 팔다리를 들여다보는 동안 저는 상상 갑옷의 보호를 받으며 가만 누워 있는 데서 생소하고도 편안한 쾌감을 느끼는 게 눈에 보였다.

얼마 전에 우리 집에 놀러 온 친구가 커피를 마신다고 머그잔을 꺼냈다. 엄마가 선물로 준 잔이었다. 스냅피시에 원하는 사진을 올려 온라인으로 주문 제작한 거였다. 그걸 받고 나는 몸서리를 쳤지만, 집에 있는 잔 중에 제일 커서 계속 갖고는 있다. 어느 날 누군가 따끈한 우유를 사발도 아니고 한 여물통 들이켜고 싶은 기분이 들지도 모르니까.

와. 친구가 잔을 채우며 말했다. *내 평생 이렇게 이성애 규범적인 건 처음 봐.*

잔에는 내 가족 사진이 인쇄돼 있다. 크리스마스 시즌을 맞아 「호두까기 인형」을 보러 간다고 다들 쫙 빼입었다. 연말에 「호두까기 인형」을 관람하는 건 내 어린 시절 엄마가 중요히 여긴 연례 행사였고, 이제 내 삶도 아이들을 아우르게 된 만큼 엄마와 이 의례를 되살렸다. 사진 속에서 임신 7개월인 나는 이기Iggy가 될 태아를 품은 채 머리는 뒤로 높게 묶고 표범 무늬 원피스를 입고 있다. 해리와 해리 아들은 짙은 색 정장을 늠름하게 맞춰 입었다. 엄마네 거실 벽난로 앞에 나란히 선 우리 뒤로 이름 첫 자를 수놓은 크리스마스 선물 양말들이 조르르 달려 있다. 우린 행복해 보인다.

이 사진 어디에 이성애 규범의 본질이 담겨 있는 걸까? 엄마가 과시형 소비층을 겨냥한 웹서비스를 이용해 잔을 만든 점? 연말연시면 꽃단장하고 단체 사진을 찍어 온 가족들의 기나긴 전통에 우리가 명백히 또는 그를 묵과하는 방식으로 참여하고 있다는 점? 엄마가 잔을 만들어 준 것부터가 내가 꾸린 친족을 가족으로 인지하고 인정함을 알리려는 의도에서 일부 비롯되었다는 점? 내 배태한 상태는? 그것도 자체적으로 이성애 규범적인가? 아니면 퀴어함과 번식(좀 더 날을 벼려 말하자면 모성)을 상반 관계로 치부하는 태도가 존재론적 진실을 드러내는 표지보다는 퀴어들에게 강요된 현실의 반동적 수용에 가까운 걸까? 자녀를 갖는 퀴어들이 늘다 보면 지레짐작에서 나온 이런 대립도 절로 시들까? 여러분은 그걸 아쉬워할까?

배태도 자체적으로 퀴어한 면을 품은 건 아닐까? 한 사람의 '정상' 상태를 깊숙이부터 변동시키고 자기 몸과 뿌리로부터 친밀해지는 과정을—또한 몸에서 뿌리로부터 소외되는 과정을—야기한다는 점에서? 이리도 심층부터 낯설고 거침없는 야생성을 띠며 사람을 탈바꿈하는 경험이 어떻게 그와 동시에 궁극적 순응을 상징하고 실행할 수 있는 거지? 이렇게 보는 것도 뭐든 여자 동물과 지나치게 밀접히 매였다 싶으면 특전에 해당하는 용어들(이 경우 비순응이나 래디컬)이 아우르는 범주에 들지 못할 실격 조건으로 보고 마는 태도와 다를 바 없으려나? 그럼 해리가 남자도 여자도 아니라는 사실은? 난 스페셜이거든—하나에 두 개가 딸려 오는이라고 영화 「수단 방법 안 가리고」에서 해리가 연기한 인물 밸런타인이 설명했듯.

새로운 친족 체제들은 언제 또는 어떻게 더 오래된 핵가족 주디스 버틀러

제도들을 모방하며 언제 또는 어떻게 친족 관계의 재고를 이루는 방식으로 래디컬한 새로운 맥락을 설정하는가? 이를 어떻게 알 수 있는가―혹은 누가 이를 알리는가? 소꿉장난이 하고 싶은 거면 우리 애 말고 다른 애랑 하라고 여자친구한테 전해. 너와 내가 한집에서 살게 됐을 때 네 전 파트너는 이렇게 말했다.

스스로를 진짜 편에 세우고 다른 사람들은 근사치나 흉내에 불과한 놀이를 하고 있다고 암시하며 얻는 쾌감이야 있을 수 있다. 하지만 자기만이 진짜라는 완고한 주장은, 특히나 이 주장이 하나의 정체성에 매여 있는 경우에는, 착란에도 한 발 담그고 있기 마련이다. *자기가 왕이라 생각하는 사람이 광인이라면 자기가 왕이라 생각하는 왕도 그와 다를 바 없다.* 자크 라캉

이런 이유에서 심리학자 D. W. 위니콧의 "진짜라는 느낌" 개념이 내게 감동을 주는 것 같다. 누구나 자신이 진짜라는 느낌을 갖고자 바랄 수 있고 다른 사람들이 스스로 진짜라고 느끼도록 도울 수 있으며, 스스로 진짜라고 느낄 수도 있다. 위니콧은 이런 느낌을 살아 있음의 총체적 일차 감각으로 보고, 우리나는 몸짓을 가능하게 하는 "체조직의 살아 있음과 심장 활동 및 숨쉬기를 아우르는 신체 기능의 작동"으로 설명한다. 위니콧은 이 느낌이 외부 자극에 대한 반응도 정체성도 아니라고 본다. 위니콧에게 진짜라는 느낌은 하나의 감각이다. 퍼져 나가는 감각. 무

엇보다도, 이 감각은 사람을 살고 싶게 한다.

특정한 정체성과 동일시함으로써 쾌감을 느끼는 사람도
있다. 요컨대 당신은 나를 천생 여자처럼 느끼게 해요인 거
다. 어리사 프랭클린이 노랫말로 널리 전파하고 그 뒤 주
디스 버틀러가 이런 직유법이 일으키는 불안정성에 초점
을 맞추면서 다시금 널리 알렸듯이. 하지만 이런 동일시
에는 불가능한 지점은 물론이고 끔찍한 측면도 있을 수
있다. 자기 성별을 한시도 못 잊고 24시간 자각하고 산다는   드니즈 라일리
건 불가능하다. 젠더화된 자기 의식이 천생 명멸하고 깜박
거리는 성질을 지녔기에 망정이지.

내 친구 하나는 젠더를 색깔로 생각한다. 젠더와 색깔이
존재론적 불확정성을 어느 정도 공유하는 건 사실이다.
어떤 대상을 보고 그 대상이 모모 색이다라고 하는 것도,
그 대상이 모모 색을 가졌다라고 하는 것도 바른말은 아
니니까. 맥락에 따라서도 그 범주가 달라지고 말이다. 고
양이는 하나같이 회색이다(음침하다) 등등. 더욱이 색깔
은 엄밀히 말해 자발적이지 않다. 하지만 이러한 명제들
로 인해 해당 대상이 무색이 되는 건 아니다.

『젠더 트러블』을 오독하는 경우는 대개 이렇습니다: 아침   버틀러
에 눈을 떠 옷장을 열고 그날 되고 싶은 젠더를 정할 수 있
다. 옷장에서 옷을 꺼내 입고 고른 옷에 맞춰 스타일링을 하
며 내 젠더를 바꿀 수 있고, 그날 저녁에 또 젠더를 바꿔 아

주 래디컬하게 다른 뭔가가 될 수도 있다. 이런 식으로 일종의 젠더의 상품화에 이르게 되고 젠더를 취하는 것을 일종의 소비 문화로 이해하게 된다는 거죠. [⋯] 제가 말하려던 요지는 주체의 형성 자체, 그러니까 한 사람 한 사람의 형성 자체가 젠더를 특정한 방식으로 이미 상정하고 있다는 점이었는데—젠더는 선택되는 게 아니며 '수행성'은 래디컬한 선택도 자원도 자발도 아니라고요. [⋯] 수행성은 반복과 연관돼 있습니다. 그것도 아주 종종 억압적이고 고통스러운 젠더 규범의 반복을 통해 그 규범들이 재의미화하도록 강제하는 것과요. 이건 자유가 아니에요, 나를 옭아매는 불가피한 덫을 어떻게 활용하느냐는 문제지.

답례로 너도 머그잔을 주문해 보내면 어때. 친구가 커피를 마시며 상상에 빠졌다. 예를 들어, 그래, 이기의 머리가 배림을 거쳐 발로로 접어든 순간을 담는 거야, 그 피범벅의 영광스러운 모습을. (엄마가 내 아이 낳는 사진을 보고 싶어 하지 않아 막연하게 상처를 받았다고 친구에게 말한 터였다. 내가 속상해하자 해리가 다른 사람의 분만 사진을 보고 싶어 하는 사람은 사실 아주 드물고 적나라한 사진을 보고 싶어 할 사람은 더더욱 소수임을 상기시켜 주었다. 그러고 보니 과거에 나도 다른 사람들의 아이낳이 사진에 대해 지금과는 다르게 느꼈던 기억이 떠올라 해리의 말에 수긍할 수밖에 없었다. 하지만 산후의 몽롱함에 젖은 동안만큼은 내가 이기를 낳은 게 대단한 공적이라는 기분이 들었고, 평소에도 내 이런저런 성취를 자랑스레 여기는 사람이 엄마 아니었나 싶었던 거다. 구겐하임 펠로십 수여자 명단에 내 이름이 올랐다고『뉴욕 타임스』기사를 오려 내 코팅까지 한 사람 아니던가. 그렇게 완성된 구겐하임 식탁 매트를 차마 내버릴 수는 없어 난감했던 적마저 있고(배은망덕함), 달리 쓸 데가 떠오르지도 않아 결국 이기의 식탁 의자 밑에 깔아 음식물 받이로 쓰고 있는걸. 구겐하임 펠로십이 이기를 임신하는 데 필요한 비용을 마련해 준 셈인 걸 생각하면, 매트에 떨어진 시리얼이나 브로콜리 부스러기를 스펀지로 닦아 낼 때마다 어쩐지 가당하다는 마음이 슬쩍 든다.)

우리가 커플로서 처음 공개적으로 나다니기 시작했을 때, 나는 얼굴을 자주 붉혔고 내 엄청난 행운에 자주 현기증을 느꼈다. 원하던 걸, 원할 수 있는 모든 걸 의심의 여지 없이 다 얻었다는 가슴 터질 듯 벅찬 사실을 주체할 수가 없었다. 잘생겼지, 잘났지, 재치 넘치지, 구변 좋은 데다 단호하기까지 한 너. 우리 둘이 붉은 소파에 앉아 키득거리며 보낸 시간만 수십 시간은 족히 될 거다. 우리 이러다가 행복 경찰한테 붙잡힐지도 몰라. 복이 과분하다고 잡으러 올지도 몰라.

내가 지금 있는 곳이 내게 필요한 것이라면? 너를 만나기 데버라 헤이 전까지 나는 이 말을 실망스럽거나 심지어 파국적인 상황을 평온히 받아들이기 위한 만트라로 이해했다. 희열에도 적용되는 말이리라곤 상상도 못 했다.

『암 일지』*The Cancer Journals*에서 오드리 로드는 유방암을 둘러싼 의료의학적 담론이 낙관주의와 행복을 강요함을 발견하고 분개한다. "내가 방사능의 전파에 맞서 싸우고 인종주의에, 여자-살육에, 우리 음식물의 화학적 유린에, 우리 환경의 오염에, 그리고 우리 젊은이들에 대한 학대와 정신적 압살에 맞서 싸우는 이유가 단지 내 일차적이고도 가장 큰 책임을—행복할 책임을—회피하기 위해서라고?" 로드는 쓴다. "살 만한 지구에서 참된 먹거리와 깨끗한 공기 그리고 온전한 미래를 누리려 들 게 아니라 우리 모두 '희열'을 찾자니! 행복만 있으면 이윤밖에 모르는 게걸의 결과로부터 보호받을 수 있기라도 한가 보지."

사라 아메드

행복은 보호해 주지 못하며, 행복은 명백히 책임이 아니다. *행복하지 않을 자유가 없는 한 행복할 자유는 인간의 자유를 제약한다.* 그럼에도 이 중 어느 하나를 버릇 삼는 건 얼마든지 가능한 일이고, 둘 중 어느 자유를 택했는지는 당신만이 알 일이다.

메리와 조지 오펜의 결혼담은 위장 결혼이라는 점이 오히려 두 사람의 관계를 한결 낭만적으로 만들어 주는, 내가 아는 스트레이트 이야기 중에서도 손에 꼽을 만큼 드문 연애담이다. 자초지종은 이렇다. 1926년 어느 날, 메리는 조지와 첫 데이트를 했다. 조지와는 대학에서 시 수업을 들으며 말을 튼 사이였다. 메리는 회상한다: "조지가 룸메이트의 모델 티 포드를 몰고 날 데리러 왔고, 우리는 시골로 드라이브를 나가 몇 시간에 걸쳐 대화하고 사랑을 나누고 다시 아침이 밝아 올 때까지 대화했다. 〔…〕 우리 둘 다 그렇게 봇물 터진 듯이 대화해 본 건 그때가 처음이었다." 아침이 밝은 후 각자의 기숙사로 돌아와 보니 메리는 그새 퇴학을 당했고 조지는 정학이 된 상태였다. 이에 두 사람은 함께 히치하이킹을 해 길에 나섰다.

조지와 만나기 전에 메리는 결혼을 "끔찍한 올가미"로 여겼고, 결코 결혼하지 않겠다고 마음을 굳힌 터였다. 그렇지만 조지와 혼인하지 않은 채 같이 여행하는 건 법에 저촉되는 일인 만큼 위험할 수 있음을 알았다. 여기서 법은 백인 노예 밀거래와 관련해 1910년에 제정된 맨 법Mann Act을 의미하는데, 이는 명목상으로는 의심의 여지 없이 해로운 것, 예컨대 성 노예화를 처벌하고자 제정되었으나 실제로는 국가가 '부도덕'하다 치부하는 관계를 맺은 사람들을 해하는 근거로 활용되어 온, 미국 역사에 걸쳐 반복해 나타난 종류의 법률 중 하나다.

그래서 1927년에 메리는 결혼을 했다. 다음은 메리가 남긴 그날의 기록이다.

> 조지와 나의 관계가 국가가 간여할 사안이 아니라는 확고한 신념이 있기는 했지만 길에서 살다가 검거될 가능성이 있는 게 두려웠고, 결국 댈러스에서 결혼하기로 했다. 거기서 만난 여자가 보라색 벨벳 드레스를 내게 선뜻 내줬고 그이 남자 친구는 선물로 진을 한 병 줬다. 조

지는 기숙사 룸메이트한테 빌린 헐렁한 반바지를 입고 식을 올렸고, 선물받은 진은 결국 안 마셨다. 우리는 10센트 주고 산 반지를 들고 주 정부 청사로, 지금도 댈러스에 가면 볼 수 있는 그 못생긴 빨간색 사암 건물로 갔다. 거기서 내 이름 메리 콜비를 알려 주고, 조지는 아버지를 피해 도망치던 중이라 당시 쓰고 있던 '데이비드 베르디'란 가명으로 이름을 알려 줬다.

그렇게 메리 콜비는 데이비드 베르디와 결혼하지만 조지 오펜과는 결혼한 적이 없다고 봐야 한다. 이로써 두 사람은 국가를 따돌리고, (그새 벌써 사설 탐정을 고용한) 조지의 돈 많은 가족도 따돌린다. 이렇게 슬쩍 내뺀 시작이 향후 57년간 이들 가정에 들이비친 빛줄기가 된다. 통상적인 사고 틀을 교란하며 정열로 보낸 쉰일곱 해 내내.

광인과 왕에 대해 안 지야 오래됐다. 스스로 진짜라고 느끼는 게 어떤 기분인지 안 지도 오래고. 그간 나를 폄하하는 언행이나 우울감이 찾아와도 나는 내가 진짜임을 몸소 느껴 알았고, 그런 점에서 오랫동안 행운을 누리며 산 ^{아메드} 셈이다. 타인이 당신을 수치로 여기는 걸 보고도 수치를 느끼길 거부하는 게 곧 퀴어 자긍심의 순간이라는 사실을 안 지도 오래됐다.

그런데 왜 네 전 파트너가 소꿉장난 운운하며 빈정댄 말이 이리도 환하게 아리는 걸까?

31

때로 사람은 아는 것도 여러 번 반복해 알아야 한다. 때로는 알던 것도 망각했다가 시간이 지나서야 다시 기억한다. 그랬다가 또 망각하고, 또 기억한다. 그러곤 또다시 망각한다.

앎이 이러하듯 존재함 또한 이러하다.

갓난아기가 말을 한다면 엄마에게 이렇게 말할지도 모른다고 위니콧은 썼다.

> 나는 너를 찾아내
> 너를 나-아닌-것으로 알아보게 되는 과정에서
>   내가 너한테 하는 모든 걸 너는 견뎌 내
> 나는 너를 이용해
> 나는 너를 잊어
> 하지만 너는 나를 기억해
> 나는 너를 자꾸만 잊어
> 나는 너를 잃어버려
> 나는 슬퍼.

위니콧의 "그만하면 충분한"good enough 엄마 노릇 개념이 근래 들어 다시 주목받고 있다. 맘 카페와 블로그, 앨리슨 벡델의 그래픽 노블『당신 엄마 맞아?』부터 엄청난 분량의 비판 이론에 이르기까지 모두 위니콧의 "그만하면 충분한"이라는 개념을 인용한다. (이 책도 어느 다른 평행

우주에는 『왜 지금 위니콧인가?』란 제목으로 존재하고 있을 거다.)

하지만 이러한 유행이 무색하게도 그의 저작을 한데 모은 방대하고 위압감마저 주는 『D. W. 위니콧 전집』을 손에 넣을 방도는 여전히 없다. 위니콧의 저작은 여기저기서 소량씩만 섭취할 수 있다. 그나마 이 소량조차 오염되어 있기 마련이다. 수다스러운 현실의 엄마들과 연관돼 오염되고, 위니콧을 심리학계의 헤비급 학자로 섣불리 받들어 모시는 걸 아예 차단하는 고상하지도 저속하지도 않은 범상한 지면-자리들과 결부됨으로써 오염된다. 한 선집의 뒤편에 실린 목록을 일부분 예로 들면, 그 안에 엮인 글들이 처음 소개된 자리는 다음과 같다. 대영제국 및 북아일랜드 유아원 협회에 전달한 발표, 어머니들을 대상으로 한 BBC 방송, 「우먼스 아워」라는 제목의 BBC 라디오 방송에서 진행한 질의 응답, 모유 수유를 주제로 한 학회, 조산사들을 대상으로 한 강의, 「편집자에게 보내는 편지」.

이기가 세상에 나오고 1년간 위니콧의 글에 대한 내 관심이 저문 적이 한 번도 없으며 그를 내 실제 삶에 유효하고 유의미한 연관성을 지닌 아동 심리학자로 변함없이 꼽은 배경에도 저런 소소하고 오염된 출처들이 분명 자리해 있을 테다. 멜라니 클라인의 음침한 유아기 가학성과 나쁜 젖가슴 이론, 프로이트의 블록버스터급 오이디푸스 대하소설과 암시하는 바가 많은 포르트-다fort-da 놀이, 라캉

33

의 투박한 상상계와 상징계—이 중 어느 것도 아이로 존재하는 상황이나 아이를 돌보는 상황을 논할 만한 당돌함을 갖추지 못했다는 생각이 문득 들었다. *거세와 남근* 엘리자베스 워드*은 과연 서양 문화의 심오한 대문자 진리들을 밝혀 주는가 아니면 현재는 이러하지만 앞으로도 그러리라는 법은 없다는 진실을 드러낼 뿐인가?* 이따위 질문들이 명료하다 못해 심지어 설득력을 지녔다고 여기며 보낸 햇수를 생각하면 나 자신이 경악스럽고 창피하다.

이런 남근 중심적 엄숙함 앞에서 나는 해석에 반발하는 불량한 태도로 빠지곤 한다. *해석학을 대신할 예술의 에로* 수전 손택*스학이 필요하다.* 아니, 에로스학조차 너무 묵직한 느낌이다. 내 아이에 관한 한 나는 에로스도 해석학도 원하지 않는다. 어느 쪽이건 충분히 추잡하지도, 충분히 유쾌하지도 못하다.

이기가 아직 갓난아이였을 때, 매일매일이 똑같이 되풀이되는 기나긴 오후들의 연속이라 여러 날이 아예 하나의 긴긴 오후로 자리를 잡아 버린 것만 같던 어느 하루, 나는 이기가 뒷마당으로 이어지는 문간을 향해 꼬깃꼬깃 기어가다 말고 듬성듬성한 떡갈잎 쪽으로 방향을 틀어 집요한 포복을 이어 가는 대안을 고려하며 잠시 망설이는 것을 지켜보게 된다. 젖을 먹고 하얘진 작고 보드라운 혀가 여린 기대감에 입술 밖으로 빼꼼 비어진 모습이 등껍데기 밖으로 머리를 내민 거북이를 연상시킨다. 여기서 일시 정지 버튼을 누르고 싶다. 어쩌면 영원히 여기에 머물고 싶은 건지도 모르겠다. 정지된 동작이 재생되기 직전의 한순간, 그 찰나에 인사를 건네고 싶다. 부적절한 대상을 제거하는, 혹은 한발 늦어 입에서 *끄집어내야만* 하는 자가 되어야 하기 전에.

독자여, 이 글을 읽고 있는 당신이 오늘날 살아서 이 문장을 읽고 있는 건 탐험하고 탐색하는 당신 입을 어느 누군가가, 과거 어느 시점엔가 적절히 단속한 덕택이다. 이 사실과 마주하면서 위니콧은 그렇다고 우리가 그 사람(대개 여자지만 반드시 그런 건 아닌)에게 빚을 진 건 아니라는 꽤 비감상적인 입장을 견지한다. 대신 우리가 우리 스스로에게 진 빚이 있다고, "우리 모두가 애초 (심리적으로) 다른 이에게 절대적으로 의존해야만 하는 존재였으며 이때 절대적이라 함은 말 그대로 절대적임을 뜻한다는 사실을 지적으로 인정"할 필요가 있다고 말한다. 그리고 "다행히도 보통의 헌신이 우리를 맞았다"고도.

이때 보통의 헌신이라 함은 말 그대로 보통의 헌신을 뜻한다. "진부한 말이지만 내가 헌신이라는 단어를 쓰는 건 말 그대로 헌신이라는 뜻을 전하기 위해서다." 위니콧은 일상적인 보통의 낱말들이 그만하면 충분하다고 여기는 작가다.

우리가 한집으로 이사 들어가자마자 너와 나는 네 아들을 위해 풍족하고 잘 아물린 용기와도 같은—깨졌거나 갈라졌거나 허물어지고 있지 않은, 즉 그만하면 충분한—가정을 꾸려야 하는 긴요한 과제에 당면했다. (이 문장에 쓰인 조금은 진부한 시적 표현들은 젠더퀴어 친족 관계에 관한 고전 저서인 『엄마 집, 아빠 집』*Mom's House, Dad's House*에서 빌려 온 것이다.) 아니, 이 말은 정확하지 않다. 이건 이미 알고 있던 과제니까. 더욱이 우리가 이사를 서두른 이유 중 하나이기도 했다. 다만 이사를 마치고 나자 그제야 내 앞에 놓인 구체적이고 긴급한 임무가 또렷하게 드러났다: 의붓양친 되는 법 배우기. 의붓양친이라니, 여기 복잡한 정체성이 또 하나 있다. 내 새아빠에게는 그분 나름의 단점들이 있으나, 내가 그 자리에 있게 되고 그 자리로서 내가 정의된다는 게 어떤 건지 몸소 겪어 이해하게 되고 나니 그때껏 그분에 반발하며 입 밖에 낸 모든 말이 낱말 단위로 되돌아와 날 괴롭히기 시작했다.

의붓양친이 된 이상은 제아무리 멋지고 나눌 사랑이 많은 사람도, 아무리 성숙하거나 현명하거나 성공했거나 똑똑하거나 책임감 있는 사람도 미움과 원망에 구조적으로 노출될 수밖에 없고, 그에 맞설 이렇다 할 방도도 딱히 없으니 그저 견뎌 내고 아무리 뭣 같은 상황이 닥쳐도 멀쩡한 정신과 긍정적인 기운의 씨앗을 심기로 작정하는 길밖에 없다. 문화 전반으로부터 응원이나 찬사를 받으리라 기대하지도 말라. 양친은 명절만큼이나 신성 불가침의 영역에 있는 반면 의붓양친은 난입자, 자기 잇속만 차리는 자, 내

것을 가로챈 자, 오염원, 아동 추행자로 그려진다.

부고에서 *의붓자식*이라는 단어를 맞닥뜨리거나(예컨대 "모모 씨는 유족으로 세 자녀와 두 의붓자녀를 남겼다") 다 큰 어른이 "아, 미안하지만 전 참석 못 합니다. 이번 주말에 의붓아버지를 보러 가야 해서요"라고 말하는 걸 들을 때, 또는 올림픽 중계 중에 카메라가 관중을 죽 훑는 장면이 나오면서 해설자가 "저기 아무개의 의붓어머니가 응원하고 계신 모습이 보이네요"라고 할 때마다 심장이 엇박자로 뛴다. 그러한 유대를, 관계를, 공공연히 그리고 긍정적으로 내보이는 소리를 들었다는 사실 하나만으로.

내가 왜 새아빠를 분하게 생각하는 건지 고민하면서 "그분이 날 너무 많이 사랑해서"를 이유로 떠올린 적은 없다. 결코. 오히려 그분이 나와 내 언니와 같이 사는 걸 기쁨으로 여긴다는 인상을 신뢰할 만치 꾸준히 주지 않아서(그분에게는 기쁨이 아니었을 수도 있다), 사랑한다는 말을 자주 해 주지 않아서(그분은 우리를 사랑하지 않았을 수도 있다―내가 초기에 주문한 의붓양친용 양육 자기 계발서 하나에 따르면 사랑은 있으면 좋지만 필수 요소는 아니다), 친아빠가 아니어서, 그리고 20년 넘게 지속한 결혼 생활 끝에 엄마에게 제대로 된 작별 인사도 하지 않고 떠나서 분하지.

넌 어른들의 성숙도를 과대 평가하는 경향이 있더구나. 내게 보낸 마지막 편지에 그분은 이렇게 썼다. 1년간 이어진

침묵 끝에 내가 먼저 무너져 편지를 써 보내자 돌아온 답장이었다.

그분이 떠난 것에 화가 나고 상처받기는 했지만, 그분이 간파한 사실은 의심의 여지 없이 옳았다. 막바지에 이르러서야 건네진 이 파편적 진실이 결국 내 성인기에 새로운 장章을 열어 주었다. 나이가 나이 이외의 다른 무엇을 꼭 동반하지는 않는다는 깨달음과 함께. 나이 이외의 것들은 다 선택이다.

걸음마를 떼기 시작한 내 의붓아들이 특히 좋아하는 또 다른 놀이는 곰 가족 놀이로, 우리는 아침에 침대에 누워 이 놀이를 했다. 내 의붓아들이 베이비 베어 역을 맡았다. 언어 장애가 있는 베이비 베어는 비읍 음이 아닌 단어도 비읍 음으로 발음하곤 했다(에번 사촌을 베번 바촌이라고 부르는 식으로). 베이비 베어는 뻗대는 발음으로 재잘거리며 곰 식구들과 집에서 같이 놀거나, 작살로 참치를 잡으러 혼자 모험길에 올랐다. 하루는 내게 밤비라는 이름을 붙여 줬다. 마미와 친연이 있지만 같지는 않은 이름. 난 베이비 베어의 독창성에 감탄했는데, 그 독창성은 지금도 여전하다.

우리가 딱히 결혼할 계획이었던 건 아니다. 하지만 대선을 하루 앞둔 2008년 11월 3일 아침에 따뜻한 음료를 만들며 여론 조사 결과를 듣다 보니, 이러다가 주민 발의안이 정말 통과할지도 모르겠다는 생각이 들었다. 이 깨달음은 우리에게 충격으로 다가왔고, 충격으로 다가왔다는 사실이 우리를 또 놀라게 했다. 도덕적인 세계가 그리는 궤적이 제아무리 길고 지난하더라도 정의라는 종착지를 향해 굽어 있으리라는 수동적이고 나이브한 믿음을 우리가 내심 지니고 있었음을 드러냈기 때문이다. 그러나 사실 정의에 좌표는 없으며 목적 또한 없다. 우리는 검색창에 '로스앤젤레스에서 결혼하려면'을 쳐 보고는 돌보던 아이를 어린이집에 맡기고 구글 신탁이 알려 준 대로 캘리포니아주 서남부에 있는 노워크 시청으로 향했다.

노워크시로 접어들면서―이 지옥은 뭐람?―우리는 대형 간판에 '남자 하나+여자 하나: 하나님이 바라시는 바'라든가 이를 변주한 문구를 내건 교회를 여럿 지나쳤다. 발의안 찬성 의사를 밝힌 팻말을 앞마당에 박아 둔 교외 주택도 수두룩했고, 우리가 그 앞을 지날 때마다 포기를 모르는 막대 인간들이 두 팔 들고 환호했다.

불쌍한 결혼! 우린 결혼을 죽이러 나섰다(용서받지 못할 일이다). 또는 결혼 제도를 강화하러 나섰다(이 또한 용서받지 못할 일이다).

노워크 시청 앞에는 흰 천막이 몇 개 들어섰고 주차장에는 공회전 중인 파란색 '목격자 뉴스' 차량 함대가 진을 치고 있었다. 우리는 자신을 잃었다. 8호 발의안 통과를 코

앞에 두고 적진까지 진출해 결혼한 퀴어들의 대표가 되고픈 마음은 우리 둘 다 없었다. 입에 게거품을 물고 '하나님은 호모를 혐오하셔' 팻말을 흔드는 카고 반바지 차림의 산란한 사람 옆에 우리가 서 있는 사진을 내일 조간에서 보고 싶지 않았다. 시청에 들어서니 결혼 업무 창구 앞으로 어마어마하게 긴 줄이 이어져 있었다. 대개 나이 불문 게이와 다이크였고, 여기저기 보이는 젊은 스트레이트 커플 중에는 라틴계가 많았는데 그날따라 유독 두드러지는 인구 특성에 당황한 기색이었다. 우리 앞에 선 나이 지긋한 남자가 자기와 파트너는 사실 몇 달 전에 결혼했는데 결혼 증명서를 우편으로 받아 보고야 주례가 서명 처리를 잘못했다는 사실을 알게 됐다고 했다. 혼인 신고를 한시라도 빨리 다시 해야 내일 투표 결과가 어찌 나오든 공식으로 혼인 관계를 유지할 수 있다며, 모두 잘 풀리길 애태우며 바라고 있었다.

인터넷이 약속한 바와 달리 부속 채플 예식장은 예약이 꽉 차서, 줄지어 기다리던 수많은 커플이 서류 접수만 끝내고 예식을 위해선 정작 다른 장소를 찾아가야 하는 상황이 벌어졌다. 우리는 이른바 세속 국가라는 나라가 어떻게 국가와의 계약에 어떤 형태로건 영적인 의례가 따라야 한다고 분부할 수 있는 건지 납득하려 머리를 싸맸다. 신고가 끝나고 식을 진행해 줄 주례까지 미리 동반해 줄 서 있던 사람들이, 자정이 지나기 전에 결혼하고 싶은 사람들을 모아 식을 치르는 합동 결혼식을 제안했다. 우리 앞에 선 남자 커플이 저희는 말리부 해변에서 식을 올릴 건데 우리도 합동으로 치르지 않겠냐고 초대했다. 우리는 고맙다고 말했지만 그 제안을 따르는 대신 411에 전화를 걸어 웨스트 할리우드 지역—퀴어들이 많이 모이는 동네라지?—에 등록된 결혼 채플의 상호와 전화 번호를 알려 달라고 했다. 산타모니카 대로에 할리우드 채플이 있습니다. 수화기 너머의 목소리가 말했다.

도착해 보니 할리우드 채플은 구멍가게만큼 작았고, 내 인생에서 가장 외로웠던 3년을 보낸 집과 지척이었다. 조잡한 밤색 벨벳 커튼이 대기실과 예식실을 나누었지만, 두 방 다 고딕풍의 값싼 나뭇가지 촛대와 조화, 살구색 벽면으로 똑같이 꾸며져 있었다. 문간을 지키는 드랙 퀸이 고객맞이, 기도, 증인의 일인삼역을 맡았다.

독자여, 우리는 그곳에서 결혼했다. 우리를 보조한 로렐라이 스타벅 목사가 결혼 서약의 세부를 먼저 의논하지 않겠냐고 물었지만 우리는 서약은 중요하지 않다고 말했다. 스타벅 목사는 한 번 더 제안했다. 우리는 표준 서약을 따르되 대명사만 폐기하는 선에서 합의했다. 식 자체는 서둘러 진행됐지만, 차례로 서약을 외는 순서가 되자 우리는 속절없이 무너졌다. 우리에게 주어진 엄청난 행운이 믿기지 않아 얼얼한 상태로 흐느껴 울다가, 포장지에 할리우드 채플 상호가 새겨진 하트 모양 막대 사탕 두 개를 기껍고도 감사한 마음으로 받아 들고는 어린이집 문이 닫기 전에 꼬맹이를 데리러 가려 발길을 서둘렀고, 집에 도착해서는 다 같이 포치에 침낭을 두르고 앉아 우리 산을

41

올려다보며 초콜릿 푸딩을 먹었다.

그날 저녁, 결혼 서류에 '교파'로 '형이상'을 기입한 스타벅 목사가 우리 서류는 물론이고 우리와 같은 수백 쌍의 서류를, 우리의 발화 행위에 경사慶事의 지위를 부여해 줄 권한을 마찬가지로 부여받은 어딘가의 누군가에게 급행으로 발송해 주었다. 그리고 자정쯤, 캘리포니아 유권자의 52퍼센트가 8호 발의안 통과에 찬성한다고 투표한 결과, 캘리포니아주 전체에서 '동성' 결혼이 중단되고 우리의 경사는 무산되었다. 할리우드 채플은 느닷없었던 등장만큼 느닷없이 사라졌고, 사업을 재개할 날만을 노리며 대기 중인 건지도 모르겠다.

내가 '동성 결혼'이라는 말이 무한 반복되는 것에 염증을 느끼는 이유 중 하나는, 내가 아는 퀴어 중에 자기 욕망의 주요 특징으로 '동성'을 꼽을 사람은 소수에 불과하거나 아예 없을 것이기 때문이다. 1970년대에 레즈비언 섹스를 소재로 한 많은 글이 같은 것을 맞닥뜨릴 때의 흥분을 담아내고, 그러한 만남이 때때로 추동한 정치적 변동을 다루기는 했다. 이러한 만남은 중요했고 중요하며 중요할 수 있다. 매도받던 무언가가 상대방을 통해 반사된 이미지로 되돌아오는 걸 눈으로 확인하는 과정이자 소외감 혹은 내면화된 혐오를 욕망과 돌봄으로 전환해 가는 과정인 만큼 말이다. 나 아닌 다른 사람의 보지에 공들이는 건 내 보지에 공들이는 길일 수도 있다. 하지만 내가 여자들과 맺어 온 관계에서 동일함을 발견했대도 그 지점이 '여자'라는 범주상의 동일함은 아니었고 신체 부위상의 동일함은 더더욱 아니었다. 그보다는 가부장제에 산다는 것이 무엇을 의미하는지를 두고 우리가 공유하는 참담한 이해였지.

내 의붓아들은 이제 전사자 군인 놀이나 곰 가족 놀이를 할 나이가 지났다. 내가 이 글을 쓰고 있는 지금은 아이팟으로 '펑키 콜드 메디나'를 듣고 있다. 눈을 감고, 거대해진 몸을 붉은 소파에 누인 채. 아홉 살이 되어.

퀴어들이 문명과 그 제도들(특히 결혼)을 무너뜨릴 것이라는 보수적인 불안과 절망이 퀴어함이 문명과 그 제도들을 무너뜨리는 데 실패하거나 그러기에는 역부족이리라는 퀴어들 본인의 불안과 절망과 만나는 역사적 순간에 살고 있다는 게 참 기이한데, 이에 더해 퀴어들은 주류 GLBTQ+ 운동의 동화주의적이며 다짜고짜로 신자유주의적인 경향—역사적으로 억압적 구조로 작용해 온 두 제도, 즉 결혼과 군대라는 제도에 진입하게 해 줄 것을 간청하며 상당한 금액을 써 온 경향—에도 좌절하고 있다. 시인 CA콘래드는 선언한다. "난 기관총에 무지개 스티커만 붙일 수 있으면 그만인 그런 호모가 아니거든." 동성애 규범성이 드러내는 사실이 있다면, 그건 *가해를 당하는* 입

리오 버사니

43

장이라도 래디컬한 면이 전혀 없을 수 있으며, 이런 경우를 억압받는 여느 소수자와 마찬가지로 동성애자 사이에서도 종종 볼 수 있다는 불편한 사실이다.

이건 퀴어함을 평가 절하하는 말이 아니다. 다만 다시금 상기시켜 주기는 한다. 우리가 바라는 바가 억압적인 구조 안으로 이 악물고 진입하는 데 그치지 않는 한, 우리에게는 여전히 할 일이 태산임을.

2012년 오클랜드 프라이드 축제에 대한 개입 행동 당시 일부 반동화주의 활동가가 '자본주의가 우리의 퀴어함을 조지고 있다'고 적은 현수막을 걸었다. 활동가들이 나눠 준 소책자에는 이런 글이 실려 있었다.

> 스트레이트 사회를 파괴할 법한 것은 결코 상품화되지도 그 저항성이 숙청되지도 않음을 우리는 안다. 그렇기에 우리는 맹렬한 호모, 퀴어, 다이크, 트랜스 걸과 보이, 젠더퀴어 및 다른 어떤 조합으로나 그 사이에 존재하고 또 이 모두를 부정하기도 하는 존재로서 우리 입장을 고수한다.
> 우리는 우리의 시절이 오기만을 기다리는 동안 여기저기 기습하면서 이 세상의 모든 착취당하는 이가 하나 되어 공격할 세상을 꿈꾼다. 이것이 당신이 바라는 바와 같다면, 당신이 바로 우리가 찾는 동지다.

자본의 총체적인 파괴를 위해
존나 조질 준비가 된 독한 년들.

나는 이들의 개입이 반가웠다. 이 세상에는 존나 조져 마
땅한 악랄함이 넘치지만, 내 마음에 드는 사람과 내 욕망
대로 원껏 섹스해 그런 악의 작동을 멈출 수 있다 태평스
레 주장하던 시절은 오래전에 막을 내렸다. 그럼에도 나
는 동지라는 말에 응답할 수 있었던 적이 없고, 공격 환상
에 공감할 수 있었던 적도 없다. 오히려 나는 혁명 언어를
일종의 페티시로 이해하게 되었는데, 그런 차원에서는 위
의 글에 이런 답을 할 수도 있을 테다: 우리가 진단은 비슷
한데 각자 끌리는 도착이 달라 궁합이 영 안 맞네요.

페마 초드론

어쩌면 정작 재고가 필요한 단어는 래디컬인지도 모르겠
다. 한데 그 대신 또는 그에 더해 어느 쪽으로 방향을 튼
다? 열려 있음? 그만하면 충분한가, 충분히 강한가? 내가
지금 스스로를 보호하고 자아를 지키려 애쓰고 있는지, 아
니면 휩쓸리고 흐트러질 걸 감안하고 세상이 다가오도록 나
를 열어젖히고 있는지, 즉 세상에 맞서기보다 그와 함께하
려 하는지 아는 사람은 결국 나밖에 없어요. 나만이 알아요.
게다가 실은 나조차도 그걸 모를 때가 있다.

2012년 10월, 이기가 8개월쯤 됐을 때, 로스앤젤레스 인
근의 복음주의 기독교 학교인 바이올라 대학교에서 연사
로 나를 초청했다. 예술학부의 연례 심포지엄 주제로 예

45

술과 폭력을 다룬다고 했다. 몇 주간 나는 초청장을 놓고 갈등했다. 차로 금방 닿는 거리이기도 해서 오후 반나절만 할애하면 이기를 봐 주는 베이비시터의 한 달 치 급여에 맞먹는 돈을 벌 기회였다. 동시에 나는 이 학교가 학생들을 게이란 이유로 또는 '동성애적' 행위를 했다는 이유로 퇴학 조치하는 곳이라는 기막힌 사실도 고려해야 했다. (미국 군대의 '묻지도 말하지도 말라' 정책과 마찬가지로 바이올라 대학교는 호모섹슈얼리티가 정체성인지 언어 행위인지 행동인지 따지는 과정마저 생략한다—매번 예외 없이 퇴학 처분을 내림으로써.)

좀 더 알아봐야겠다 싶어서 바이올라 대학교 웹사이트에 게시된 학규를 찾아 읽었고, 그 과정에서 바이올라 대학이 "성경에 따른 혼인"을 제외한 모든 성관계를 불허한다는 사실을 발견했다. 여기서 "성경에 따른 혼인"은 "유전자상 남성 한 명과 유전자상 여성 한 명의 신앙에 기반한 이성애적 결합"으로 정의돼 있었다. ("유전자상"이란 표현에는 솔직히 놀랐다. 이렇게나 최신식 표현을 쓰다니!) 웹사이트를 더 뒤지다가 학교 측의 반동성애 정책에 항의하고자—주로 온라인 활동이나 교정 여기저기에 익명의 대자보를 붙이는 캠페인 등을 통해—바이올라 퀴어 언더그라운드라는 학생 단체가 몇 년 전에 설립됐다는 사실을 (존속 여부는 알 수 없었지만) 알게 됐다. 단체 이름을 보며 기대감을 품었지만, 단체 웹사이트의 '자주 묻는 질문'에 올라온 글을 읽으며 들떴던 마음이 싸늘하게 식었다.

Q: 동성애에 대한 바이올라 언더그라운드의 입장은?

A: LGBTQ이자 기독교인으로 사는 것에 대한 우리 입장이 불명확하다는 의외의 이야기를 듣곤 했는데, 이 기회에 우리 입장을 명확히 밝히자면 우리는 동성애적 행동을 그 올바른 맥락 즉 결혼 안에서 누리는 것에 찬성한다. [⋯] 바이올라 교칙에 따라 우리는 혼전 성관계가 죄악이자 인간을 위해 하나님이 계획하신 범위 밖에 자리한다고 보며, 이 학규가 동성애자와 LGBTQ 커뮤니티의 여타 구성원에게도 적용된다고 믿는다.

무슨 '퀴어'가 이래?

이브 코소프스키 세지윅은 '퀴어'가 성적 지향과는 별 연관이 없거나 아예 무관한, 각양각색의 저항과 균열과 불일치를 모두 아우르는 말이 되게끔 길을 내려 애썼다. "퀴어는 계속되는 순간, 운동, 동기다—되풀이되고 회오리치고 교란하는"이라고 그는 썼다. "지극히 관계적이며 또한 이상하다." 그는 이 한마디 단어가 연잇는 설렘이자 흥분이고 감격이길, 일종의 가주어이기를 바랐다. 아르고호처럼 주격으로 작용하는 단어, 탈피脫皮한 혹은 교체되는 선체 부위와 부품을 지명하려는 의사를 지니는 단어, 언명하는 한편 포착을 피하는 수단이 되는 단어이길. 재전유한 용어란 이렇게 기능하기 마련이다. 도주의 감각을 유지하고, 또한 유지하겠다고 고집한다.

동시에 세지윅은 "동성 간의 성적 표현을 모조리 금지하는 규정들이 역사적으로 발휘했고 현재도 갖는 강제력을 감안할 때, 누군가 이 단어[퀴어]의 이런 의미들을 부인하거나 정의상의 중심부 밖으로 내몰려 든다면 그건 곧 퀴어함의 존재 가능성을 꺼뜨리는 것"이라고 주장했다.

다시 말해 세지윅은 양쪽을 다 원했다. 양쪽 다 원하는 태도로부터 배울 수 있는 건 많다.

세지윅은 언젠가 이런 제안을 했다. "'퀴어'라는 술어를 사실로 만드는—유일한—요소는 이 말을 일인칭적 단어로 사용하고자 하는 충동"이며 "누구든 '퀴어'라는 말을 다른 사람 말고 스스로에 대해 사용할 때는 그 말의 의미가 달라진다"고. 스트레이트한 백인 남자가 자기 책이 퀴어하다고 이르는 말을 듣는 게 아무리 신물 나더라도(그렇게까지 세상 모든 걸 차지해야겠니?), 그조차도 결국은 건설적이라고 봐야 할 테다. 샤워 후의 바닐라 섹스만 알던 남자라고 본인 입으로 묘사한 남편과 그리 오래 결혼생활을 유지한 걸 생각하면, 세지윅은 '퀴어'의 일인칭적 사용이 가능케 하는 것들에 대해 다른 누구보다 잘 알았던 건지도 모르겠다. 세지윅은 남자와 결혼해 살았다는 이유로 비난받았고 게이 남자들과 동일시한다는 이유로도 (그뿐 아니라 게이 남자로 정체화했다는 이유로도) 비난받았으며, 레즈비언에 대해서는 간혹가다 한번 언급하고 마는 식이라는 이유로도 비난받았다. 아무리 페미니스트 비평 차원에서였대도 명색이 '퀴어 이론의 여왕'이라는 이가 남자들 또는 남성 섹슈얼리티를 중심에 두었던 것(예컨대 『남자 사이: 영문학과 남성의 동성 사회적 욕망』*Between Men: English Literature and Male Homosocial Desire* 같은 저서에서)이 퇴행적이라고 여긴 이들도 있었다.

어쨌거나 세지윅은 그리 정체화하고 그 방면에 관심을 가졌으며, 무엇보다도 정직했다. 실제로 대면했을 때 세지윅은 남성성과 여성성의 양극이 허용하는 수준을 뛰어넘을 정도로 강력하고 강렬한 섹슈얼리티와 특별한 카리스마를 풍겼다. 이는 그가 뚱뚱하고 주근깨 많고 얼굴이 쉽게 상기되며 옷감을 층층이 두르고 다니는, 관대하고 묘하게 다정하며 가학적일 정도로 지적인 사람인 데다, 내가 그를 만난 시점에는 이미 말기 환자였던 데서 비롯한 매력이기도 했다.

바이올라 대학의 학규를 곱씹으며, 사인이자 성인인 사람들이 상호 합의를 바탕으로 저희 내키는 대로 함께 살겠다고 정하는 것을 지지하는 내 기본 입장을 재차 확인했다. "성경에 따른 혼인"의 테두리 밖에서는 성관계를 맺고 싶지 않다는 게 여기 모인 특정 성인들의 입장이라면, 그러라지 뭐. 날 잠 못 들게 만든 건 정작 이 문장이었다: "부실한 〔우주〕 기원설들은 1) 하나님이 자연 창조에 직접 개입한 적은 없다고 그리고/혹은 2) 인간이 초기 생명체와 같은 육체적 조상을 뒀다고 주장한다." 우리가 초기 생명체와 같은 조상을 뒀다는 사실을 나는 신성하게 여긴다. 나는 초청을 거절했다. 학교 측에서는 나 대신 할리우드의 '스토리 구루'를 연사로 섭외했다.

동산 위 집에서 보낸 환희의 나날에 뜻밖의 어두운 그림자가 몇 차례 드리우기도 했다. 딱 한 번 만나 본 네 어머니가 유방암 진단을 받았다. 네 아들의 양육권 문제는 여전히 합의되지 않은 상태였고, 동성애 또는 트랜스 혐오자 판사가 네 아들의 운명과 우리 식구의 운명을 결정하고 마는 두려운 상상이 토네이도가 들이닥치기 직전의 초록빛 하늘처럼 우리 일상을 물들였다. 너는 아들이 행복하고 보듬어진 기분을 누릴 수 있게 하려고 녹초가 될 지경으로 안간힘을 다했다. 콘크리트 바닥에 불과한 뒷마당에는 미끄럼틀을 설치하고 집 앞에는 유아 수영장을, 벽에 붙은 난방기 옆에는 레고 보관함을, 아들 방에는 쇠못으로 고정한 그네를 매달았다. 아이가 잠들기 전에는 셋이 다 같이 침대에서 책을 읽었고, 그러다 내가 너와 아들 단둘이 시간을 보낼 수 있게 자리를 뜨면 닫힌 문 너머로 매일 밤 변함없이 '온종일 철길을 지었네'I've Been Working on the Railroad를 부르는 네 나직한 목소리가 들려왔다. 내가 의붓양친을 위한 어느 양육 책자에서 본 바에 따르면 새로이 구성된 식구 간에 유대감이 생겨나는 과정을 점검하려면 하루나 한 달, 한 해를 단위로 할 게 아니라 7년 단위로, 즉 7년에 한 번꼴로 검토가 이루어져야 한다고 했다. (당시엔 이게 어처구니없는 간격이라고 생각했는데,

7년이 지난 지금은 너무나 현명하고 눈부신 선견이었다 싶다.) 이 몸으로는 계속 살 수 없다는 네 생각은 한계치에 이르렀고, 30년 가까이 동여매고 산 몸통에서 (그리고 당연히 허파에서도) 뻗치는 통증으로 매일 밤낮없이 목과 등이 고동치는 걸 견뎌야 했다. 너는 웬만해서는 잘 때조차 바인더를 풀지 않으려 들었지만, 아침이면 변조한 스포츠 브라와 네가 "짓누르개"라 부르는 꼬질꼬질한 천 조각이 침실 바닥에 떨어져 있었다.

난 네가 자유로워지길 바랄 뿐이라고. 공감으로 가장한 화를 내며, 화로 가장한 공감을 느끼며 나는 말했다.

아직도 이해 못 한 거야? 너도 맞서 소리쳤다. 내가 너만큼 자유로워지거나 편히 세상을 살아가거나 내 몸을 편하게 느낄 일은 영영 없을 거라는 걸? 그게 나로 산다는 거고, 앞으로도 죽 그럴 거라는 걸?

그렇다면 거 참 안됐네. 나는 말했다.

아니―알겠으니까 나까지 끌어내리지만 마, 라고 말했던가?

머지않아 무엇인가는, 어쩌면 모든 게 버티다 못해 무너지고 말리라는 걸 너도 나도 알았다. 그게 우리 사이가 아니기만을 둘 다 바랄 뿐이었다.

너는 부치와 펨을 논하는 에세이를 내게 보여 줬다. "펨은 치욕이 있던 자리를 추앙으로 채우는 존재다"라는 구절이 나오는 글이었다. 내게 뭔가 돌려 말하고 내게 필요할지 모를 정보를 주려는 의도였다. 내가 딱히 그 구절에 꽂히길 바란 건 아녔을 테고 너는 애초 그 구절을 눈여겨보지도 않았을지 모르지만, 어쨌든 난 그 구절에 꽂혔다. 난 네게 삶을 지탱해 주는 선물이라면 뭐든 주고 싶었고 지금도 그렇다. 우리 중에 규범들을 조지고 싶어 하거나 조질 필요성이 너무나도 역력한 규범들을 조지고 싶어 하는, 혹은 조질 수밖에 없는 이들에게 분뇨를 퍼붓고 던지기에 급급한 이 세상을 나는 분개심과 고통 속에 바라봤고 여전히 그러하다. 하지만 뒤죽박죽된 느낌도 들었다. 한 번도 나 스스로를 펨으로 여긴 적이 없었기에, 내게 과도하게 퍼 주는 버릇이 있다는 걸 알기에, 추앙이라는 단어가 두려웠기에. 이런 이야기를 다 털어놓고도 우리만의 버블 속에 남아, 붉은 소파 위에서 계속 좋아라고 킬킬댈 수는 없지 않나?

나는 치욕의 해독제가 추앙 말고 솔직함에 있는 세계에 살고 싶다고 네게 말했다. 너는 네가 추앙이란 말을 어떤 의미로 쓴 건지 내가 오해했다고 대답했다. 우리는 이 낱말들이 우리에게 어떤 의미인지 서로에게 설명하려는 시도를 지금까지도 멈추지 않았다. 어쩌면 영영 멈추지 않을지도 모르겠다.

넌 네 인생의 모든 측면을 소재로 삼았으면서 이 부분, 퀴어한 부분에 대해서만은 쓰질 않았잖아. 너는 말했다.

그만 들볶아. 나는 말했다. *아직* 안 쓴 것뿐이라고.

이 모든 와중에 우리는 임신 이야기를 하기 시작했다. 왜 아이가 낳고 싶은 거냐는 질문을 받을 때마다 난 딱히 할 말이 없었다. 하지만 내 침묵은 내 욕망에 반비례했다. 과거에도 이 욕망을 느낀 적이 있지만, 그때는 이미 체념했던, 아니, 다른 이들 몫으로 넘겼던 터였다. 그런데 이제 우리가 그 가능성을 논하고 있었다. 다른 많은 사람처럼 지금이 알맞은 때이길 바라면서. 하지만 그새 나이가 든 만큼 나도 예전처럼 참을성 있지는 않았다. 다른 사람들 몫으로 넘기려는 마음이 쟁취하자는 마음가짐으로 빠른 시일 내에 변해야 하리라는 것이 명백했다. 언제 그리고 어떻게 임신을 시도해야 할까, 그로부터 돌아서야 한다면 얼마나 슬플까, 우리가 불러도 아기의 영이 오지 않으면 어쩌나.

'그만하면 충분한' 엄마 노릇 같은 개념이 시사하듯 위니콧은 꽤나 낙천적인 사람이다. 그럼에도 그는 아기를 보듬는 환경이 충분치 못할 때 아기가 어떤 경험을 하게 되는지 분명히 짚어 보려 심혈을 기울인다.

밀려오는 원천적인 고통들

끝없이 추락한다
온갖 와해
정신과 몸을 갈라놓는 것들

궁핍의 열매들

산산이 조각나고
끝없이 추락하며
죽고 죽고 죽어
와닿던 여러 접촉이 되살아날 거라는 희망의
　실오라기마저 잃는다

여기서 위니콧이 실은 은유에 기대어 말하고 있다는 주장을 펼칠 수도 있을 테다. 마이클 스네디커가 어른에 한해서지만 "버사니가 그리 표현했어도 섹스를 하다가 사람이 실제로 산산이 부서지는 건 아니다"라고 썼듯. 하지만 아기가 놓인 환경이 아이를 보듬고 돌보는 데 실패한다고 아기가 죽는 것은 아니라 해도, 그럼에도 아기는 죽고 죽고 죽을 수 있다. 정신 또는 영혼이 무엇을 경험할 수 있느냐는 문제는 우리 각자가 그것을 구성하는 것의 정체가 뭐라고 보느냐에 좌우된다. 영혼은 극도의 엷기로 졸아든 물질, 아아 어찌나 엷은지! 　　랠프 월도 에머슨

어찌 됐건 위니콧은 특기할 만하게도 "원천적인 고통들"

을 결여나 빈 공간이 아닌 실질 형태소—"열매들"—에 빗
댄다.

조지 오펜은 알츠하이머 합병증으로 얻은 폐렴으로 1984
년에 사망했다. 메리 오펜은 몇 년 뒤인 1990년에 난소암
으로 사망했다. 조지가 죽은 뒤 그가 책상 위에 붙여 둔 짤
막한 문장들이 발견되었다. 그중 한 조각에는 이런 글이
적혀 있었다:

　　메리와 함께했음이
　　과할 정도로 경이로워서
　　선뜻 안 믿기기도 한다

너와 내 일상에 들이닥친 어려운 시기에 나는 이 글을 자
주 떠올렸다. 조지와 메리가 실은 사이좋고 행복하지만
은 않았다는 증거를, 그게 순간의 불화였대도, 찾아내고
싶은 거의 가학적인 충동에 사로잡힐 때도 있었다. 조지
의 글이나 집필 활동으로 두 사람 사이가 틀어진 적이 있
다거나, 두 사람이 정작 아주 심오한 차원에서 서로를 이
해하지 못했다거나, 또는 서로 험한 말을 주고받은 적이
있거나 중요한 결정에 있어—예컨대 조지가 2차 대전에
참전할 것인지 여부나, 공산당의 효용성이나, 멕시코에서
망명 생활을 계속할 것인지 등등을 두고—의견 차를 좁
히지 못했다는 단서를 찾고 싶었다.

이건 남의 불행을 보면서 쾌감을 느끼는 샤덴프로이데가 아니었다. 희망이었다. 이러한 일들이 실제로 일어났기를 바라고, 오펜이 뇌 신경계 쇠퇴에 동반하는, 혼란스러움과 또렷함의 물결에 휩쓸리는 와중에도 굳이 다음과 같은 글을 남겼던 것이기를 바라는 희망.

메리와 함께했음이
과할 정도로 경이로워서
선뜻 안 믿기기도 한다

그래서 나는, 부끄럽게도, 뒤를 캤다. 두 사람이 행복하지만은 않았다는 증거를 찾으려 들었고, 그러면서도 내 이러한 행동이 소설가 레너드 마이클스가 첫 배우자 실비아와의 괴롭고 폭발적이고 종국에는 처참했던 관계를 회고한 저서에서 유난히 두드러지는 역기능적 장면과 닮아 있다는 사실은 억눌렀다. 어느 친구가 자기 못잖게 끔찍한 결혼 생활을 하며 자기 못잖게 끔찍한 싸움을 일삼고 있다는 사실을 알게 된 뒤 마이클스는 이렇게 적는다. "난 친구에게 고마웠고, 안도감과 동시에 너무나 기쁜 감정이 들어 아찔했다. 다른 사람들도 이러고 산다는 말이지. 〔…〕 모든 커플이, 모든 결혼이 병든 것이었다. 이리 생각하자 사혈이라도 한 것처럼 말끔히 비워진 기분이었다. 난 암울할 정도로 정상이었고 정상적으로 암울했다." 그와 실비아는 결혼한다. 짧고 암울한 시기를 거쳐 실비아는 결국 신경 안정제인 세코날을 마흔일곱 알 복용하고 죽는다.

당연히 오펜네도 서로 싸우고 상처 줄 때가 있었겠지. 너는 내 조사에 대해 듣고 말했다. 대신 그런 얘기는 둘이서만 간직하지 않았을까, 서로 존중하고 사랑하는 마음에서.

내가 조지와 메리 오펜에게서 찾으려 든 게 뭔지는 몰라도, 끝내 못 찾았다. 대신 예상치 못했던 것을 발견했다. 조지의 뇌 신경계가 쇠퇴하기 시작한 무렵에 출간된 메리의 자서전 『삶을 의미하다』*Meaning a Life*를. 메리를 찾은 것이다.

아마존에서 이 책을 검색해 보니 독자평이 딱 하나 있었다. 남자 독자가 별 하나를 매기고 "내가 가장 좋아하는 시인에 속하는 오펜의 삶에 대해 알고 싶어 책을 샀다. 조지 얘기는 별로 없고 메리 얘기만 많음"이라는 후기를 남겼다. 당연하지 이 썩을 놈아, 누구 자서전인데라고 난 속으로 생각했지만 그러다가 내가 밟아 온 경로도 이 독자가 더듬고 있는 자취와 크게 다르지 않음을 깨달았다.

딸 린다가 태어나기에 앞서 메리는 여러 차례 사산을 겪고 감내해야 했으며—횟수를 밝히기에는 너무 여러 번이었던 듯하다—한 아이는 생후 6주째에 요람사했다. 이 모두에 대해 메리는 이렇게 적고 있다.

출산 〔…〕 그에 대해 쓰기가 무서운 것도 같다. 아이를 낳는 과정에서 난 고립됐다. 조지에게조차 한마디도 안 했다. 조지는 해산이 감정의 정점을 찍는 경험이 될 수 있음에 놀랐고, 나도 철저히 혼자 겪은 경험이라 굳이 표현하려 들지 않았다. [⋯] 난 그 경험이 온전히 남길 바라고, 입에 담지 않음으로써 고스란히 지켰다. 그만큼 내게는 소중한 경험이다. 스물넷부터 서른 살 사이에 겪은 일에 대해 쓰고 있는 지금도 모든 걸 보전하고 싶다. 고립과 상실로 황폐해졌던 그 시절의 고통을, 마취약 한 방에 분만대 위에서 존재가 지워지던 느낌을, 기껏 정신을 차리면 또다시 들려오던 "태아는 사망했습니다"라는 말을.

조지와 메리는 끊임없이 대화하고 시를 나누는 삶을 산 것으로 유명하다. 우리 둘 다 그렇게 봇물 터진 듯이 대화해본 건 그때가 처음이었다. 하지만 메리는 이 글에서 말이 과연 충분할지 의문을 품는다. 조지에게조차 한마디도 안 했다. 황폐해지는 경험을 하고도 여전히 말이 그 경험을 갉아먹지 않을지 걱정한다(이것이야말로 견딜 수 없는 것이기에).

그럼에도 그는 세월이 한참 지나, 그리고 남편이 언어에서 탈각하기 시작한 시점에, 그에 대해 말해 보고자 시도한다.

철학자 페터 슬로터다이크는 방대한 이론서 『거품』*Blasen*

에서 "소극적인 여성 의학negative gynecology의 원칙"이라는 걸 제시한다. 그는 태아기와 주산기 곧 출산 전후 시기의 세계를 바로 알려는 사람은 "어머니-아이 관계를 외부에서 관망함으로써 그 자신은 이 관계로부터 벗어나려는 유혹을 거부해야 한다. 내밀한 연결에 대한 통찰을 얻고자 하는 이상, 밖에서의 관찰은 이미 근본적인 오류"라고 쓴다. 이러한 안으로의 돌아섬에, "동굴 연구"에, 도통함에서 벗어나 "피와 양수, 음성과 음포音泡와 호흡" 곧 몰입형 거품으로 선회한 것에 박수를 보내고 싶다. 나는 이 거품에서 스스로 벗어날 충동을 느끼지 않는다. 다만 한 가지 애로점이 있다. 나는 글을 쓰는 동시에 아이를 안을 수가 없다.

위니콧은 보통의 헌신에 수반하는 요구들이 어떤 어머니들에게는 두렵게 다가올 수 있으며, 그러한 헌신에 스스로를 넘겼다가 자칫 "식물 인간이 되어 버릴" 것을 걱정하는 경우도 있다고 시인한다. 시인 앨리스 노틀리는 이 노름에서 잃을 게 그보다도 크다고 본다: "아이가 태어난 뒤로 나는 줄줄 풀어진다—나라는 존재가 다시는 / 없을 것만 같고 처음부터 아예 없었던 것 같다. // 이태가 지나고 나는 또 나를 지운다 / 다시 아이를 낳음으로써 […] 이 태간 여기에 나라는 존재는 없다."

나는 이런 기분은 느끼지 않았는데, 하기야 내가 워낙 나이 많은 엄마기는 하다. 나를 지우는 실험에 앞서 내가 되어 가는 과정만 40년 가까이 밟아 온 이력의.

자기가 하는 일이 이리도 중대하다는 생각이 들면 두려움을 D.W. 위니콧
느끼는 어머니들도 있으므로 이런 경우에는 차라리 귀띔해
주지 않는 편이 낫습니다. 알려 줘 봤자 남의 시선을 의식해
잘할 것도 잘못 하게 될 테니까요. (…) 더도 덜도 말고 그저
어머니가 될 기력을 지닌 사람이라면, 우리가 참견해서는
안 됩니다. 이 어머니는 이해하지 못해 자기 권리를 위해 싸
울 수 없게 될 테니까요.

마치 저희 딴에는 야생에서 보통의 헌신을 수행하고 있
는 줄 알던 어머니들이 문득 고개를 들었다가 언제 시시
한 비평으로 자기를 안줏감 삼을지 모를 관중이 해자 저
편에 모인 걸 발견하곤 아연하는 것처럼.

이기를 낳고 일터로 돌아간 지 오래지 않아, 교직원 식당
에서 내 상관 격인 남자와 맞닥뜨렸다. 그는 신사도를 발
휘해 내 '비건 소울 푸드' 식사와 네이키드 주스값을 치러
줬다. 그러면서 다음 책은 언제 출간될 예정이냐고 물었
다. 나는 아이 낳은 지 얼마 안 되기도 했고, 아무래도 시
간이 좀 걸릴 거라고 대답했다. 이 말에 일화가 떠올랐는
지 그는 예전 동료 중에 르네상스학과 교수가 있었는데
아기를 낳더니 무려 2년간 아이에 푹 빠져 르네상스 연구
를 지나치게 난해하고 따분하게만 여겼다고 말했다. 그러

다 2년이 딱 지나자마자 관심이 돌아왔대요. 결국은 돌아온 대요. 그가 윙크하며 말했다.

시간이 지나면서 나는 내가 『거품』에 애착을 느끼는 이유가 어쩌면 소극적인 여성 의학을 공개적으로 지지하는 저서인 점보다도, 우스꽝스러운 제목―마이클 잭슨의 애완 침팬지 이름도 버블스였다―과 더 관계가 있는 걸지도 모르겠다고 생각하기에 이르렀다.

마이클은 버블스를 끔찍이 사랑했다. 그럼에도 침팬지가 나이가 들면 젊고 새로운 버블스로 교체했다. (아르고호의 잔인성?)

남자 기상 캐스터가 나오는 채널로 TV를 돌리라고 엄마가 어린 내게 말할 때가 있었다. 그편이 일기 예보가 더 정확해라면서.

기상 캐스터도 다 대본 따라 읽는 건데. 나는 어이없어하며 말했다. 예보 내용은 다 똑같다고.

그래도 기분이란 게 있잖니. 엄마는 어깨를 으쓱이며 말하곤 했다.

기분에 불과했으면 오죽 좋았을까. 아무리 같은 기상 위성 자료고 같은 대본이라도 여자들이 알려 주는 정보라면 미심쩍게 생각하니 볼 장 다 봤지. 다시 말해 담론 안에 뤼스 이리가레서 내 성〔기〕의 현실을 발화하기란 구조적이고 형상적*eidetic*인 이유에서 불가능하다. 내 성〔기〕은—적어도 한 주체의 속성으로서 내 성〔기〕은—담론의 일관성을 보장하는 술어적 기제로부터 제거된다.

이 난관을 해소할 방안으로 뤼스 이리가레가 제안하는 건? 깨부수기 〔…〕 〔단〕 혼인의 도구를 이용해 〔…〕 내게 남은 선택지는 <u>철학자들과 놀아나기뿐이었다</u>고 그는 쓴다.

1998년 10월, 대학원 생활을 시작한 지 몇 주 안 됐을 때, 제인 갤럽과 로절린드 크라우스가 동석하는 세미나에 참석할 기회를 얻었다. 갤럽이 새 연구를 발표하고 크라우스가 질의 응답을 할 예정이었다.[*] 나는 잔뜩 들떴다. 학부 때부터 갤럽의 짜릿할 정도로 반항적인 라캉 관련 저서들(예컨대 『페미니즘과 정신 분석: 딸의 유혹』)을 워낙 좋아했기에. 라캉의 사유에 많은 시간과 노력을 할애한

---

[*] 문학 이론가 제인 갤럽은 피사체의 관점에서 가족의 일상과 사진, 시각성, 응시에 대한 사유를 남편인 딕 블라우의 사진과 함께 담은 저서 『그 남자의 카메라와 산다는 건』*Living with His Camera*(듀크 대학교 출판부)을 2003년 출간했다. 로절린드 크라우스는 미술 비평가로 『옥토버』 9호(MIT 출판부, 1979년 여름)에 발표한 에세이 「그리드」가 큰 반향을 일으킨 바 있다.

결과지만 무조건적인 신봉은 피해 가는 작업이었다. 갤럽은 철학자들과 놀아나고 있었고 그와 동시에 보일러실, 곧 실질적인 사령실 정보를 낱낱이 확보해 결국은 폭파시키고자 준비하고 있는 것처럼 보였다. 크라우스의 연구는 그에 비해 생소했지만, 모더니즘과 그리드에 대한 그의 이론에 다들 열중한다는 정도는 알 수 있었고, 그가 창간한 예술 비평지 『옥토버』의 단정하고 매트한 표지도 마음에 들었다. 게다가 크라우스는 클로드 카엉에 대한 글도 쓰지 않았나? 클로드 카엉이라면 무조건 좋았다. 아방가르드 신화 체계를 부수는 걸 이미 재미로 알던 때였던 만큼.

당시 뉴욕 시립 대학교가 위치해 있던 그레이스 빌딩의 그나마 근사한 축에 끼는 방에 교수들이 모였고, 기다란 나무 탁자에 엄숙하게 둘러앉았다. 나는 드디어 도달한 기분이었다. 힙스터들이 몰리는 맥스 피시 바의 구석 자리에 앉아 있다가 얼떨결에 발탁되어, 중후한 목재 인테리어며 학계 슈퍼 스타까지 빠짐없이 구비한 지성의 메카 한복판에 내려 놓은 기분이었다.

갤럽은 준비해 온 슬라이드 쇼를 보여 주었다. 당시 갤럽은 이름도 참 찰떡이다 싶은 남편 딕의 카메라에 담기는 경험을 연구하고 있었다. 그날 본 사진 중에서 갤럽이 욕조에서 갓난아이를 안고 있는 사진과 캐럴 킹처럼 맨몸으로 아이와 놀고 있는 사진이 기억난다. 그런 사적인 순간들을 우리에게 선뜻 공개하고 파트너 딕에 대해 스스럼없이(난 이성애가 언제나 민망하다) 이야기하는 게 놀랍고 반가웠다. 그는 피사체의 관점에서 사진에 관해 논하려 했고, 피사체의 관점이란 "유효한 일반적인 통찰을 주장하기 가장 어려운 입장인지도 모른다"고 말했다. 갤럽은 아이 엄마로서 카메라에 찍히는 경험을 이해하려고 시도하면서 이러한 사진 찍히는 주체로서의 입장을 어머니라는 입장과 짝짓고 있었다. (갤럽의 표현을 빌리자면 어머니의 입장 또한 대개 "성가실 정도로 사적이고 일화에 치중돼 있으며 자기 위주"인 것으로 간주되므로.) 갤럽은 바르트의 『카메라 루시다』와 맞붙으며 바르트─매력쟁이 바르트!─의 글에서조차 어머니는 (사진 찍히는) 대상으로, 아들은 (글 쓰는) 주체로 머물러 있음에 어깃장을 놓고 있었다. "글 작가란 자기 어머니 몸을 갖고 노는 이다"라고 바르트는 썼다. 하지만 간혹 작가가 또한 어머니일 때도 있다(뫼비우스의 띠).

갤럽이 중요한 실마리를 발견해 좇으며 스스로도 채 납득하기 전에 이렇게 우리와 공유하고 있다는 점이 마음에 들었다. 남부끄러운 대로 백주 대낮에 펼쳐 보이고 시작하기. 갤럽은 무겁게 늘어진 눈에 내가 좋아하는 퇴폐적인 분위기를 뿜었고, 감각은 꽝이지만 귀엽다고 봐 줄 만한, 학계에서 심심찮게 보는 스타일을 지녔다. 1980년대에서 벗어나지 못한 옷차림, 깃털 달린 귀고리 등등. 어느 순간 슬라이드를 돌리다 말고 이 사진에서 입은 셔츠를 유난히 아낀다고 덧붙이기도 했다. 흰색으로 휘갈긴 명랑한 필체의 손글씨 또는 낙서가 뒤덮인, 단추 달린 검정 셔츠였다. 난 스타일 감각 없는 사람들이 스스로 그런 점을 자각하지 못하고 한술 더 떠 그에 의미나 감정을 부여하기 시작하는 걸 볼 때면 걷잡을 수 없이 흥미가 발동한다. (이는 우리 모두에게 적용될 수 있는 성향일지 모르고 나이가 들수록 그 위험도 증가하는 듯하다.)

슬라이드 화면과 함께 발표가 끝나 이제 크라우스 차례였다. 크라우스가 의자를 당겨 앉으며 앞에 놓인 발표 자료를 정리했다. 크라우스는 갤럽의 정반대였다. 날렵한 얼굴, 세련된 실크 스카프, 아이비 리그에 뉴욕 상류층 출신. 고양잇과에 말쑥한 매무새, 가늘고 짙은 단발머리. 예술사계의 재닛 맬컴과도 같았달까. 크라우스는 갤럽의 라캉 관련 연구서가 얼마나 대담하고 철두철미하고 중요한 저작인지 말하는 것으로 운을 뗐다. 찬사가 한동안 이어졌다. 이윽고 그는 극적으로 방향을 틀었다. *초기 저작들의 중요성에 비추어 오늘 이 자리에서 갤럽이 발표한 연구의 범속함과 순진함과 빈약함을 목격하자니 굉장히 곤혹스럽습니다.* 갤럽의 얼굴이 핏기를 잃었다. 크라우스는 갤럽을 무시한 채 치명타를 날렸다.

명민하고 지적인 한 여자가 다른 명민하고 지적인 여자를 끌어내리는 소리로 방 안의 공기가 빽빽해졌다. 사지를 차례로 토막 내는 격이었다. 크라우스는 갤럽이 사적인 상황을 연구 주제로 삼은 점을 맹비난했고 사진의 기나긴 역사를 고의인가 싶을 정도로 외면했다고 주장했다. 그는 갤럽이 바르트를 오용했으며, 가족 사진이란 장르의 어느 계통과도 본인의 연구를 연결 짓지 않았고 예술사의 가장 기초적인 미학적 개념들마저 팽개쳤다는 등등의 혐의를 제기했다. 적어도 내가 기억하기로는. 하지만 결국 그러한 비판과 주장 아래 숨은 묵시적 암류는, 내가 느끼기에, 모성이 갤럽의 정신을, 사고를 좀먹었다는 의견인 듯했다. 셀 수 없이 많은 다른 사람과 공유하는 평범하기 그지없는 경험을 특별하거나 각별히 흥미로운 경험으로 여기는 나르시시즘에 빠져 버렸다는 취지였다.

갤럽이 예술사가가 아닌 건 사실이고, 무엇보다 크라우스와 같은 유형의 예술사학자가 아님은 분명하다. (그렇게 따지면 바르트도 예술사학자는 아니었다. 하지만 예술성은 학식의 권위를 이기는 법이다.) 더욱이 크라우스는 쌈닭 기질이 다소 있었다. 갤럽이 나르시시스트 기질이 다소 있었듯이. 이 두 방면의 외고집이 이 경우엔 공존 불가능한 것으로 드러났다. 어쨌든 나는 갤럽이 받은 채찍질을 실물 교육의 예로 여기고 두고두고 마음에 새겼다. 크라우스는 갤럽이 아들과 벌거벗고 욕조에 같이 앉아 있는 사진을 사람들에게 보인 것이 창피한 일이라는 듯이, 갤럽이 투실한 몸을 드러낸 사진과 답에 이르지 못한 채 자기에 몰두하는 사유로 진지한 학업의 공간을 오염시킨 게 (이런 오염이 실은 몇 년에 걸쳐 다듬어 온 것임에도) 부끄러운 일이라는 듯이 몰았다. 그러나 철학자와 놀아나는 걸 연출해 보이는 것과 살이 좀 붙은 엄마가 자기 아들과 못생긴 셔츠를 애정하는 건 별개 문제다.

난 당시 아이가 없었고 아이를 가질 생각도 없었다. 아이를 각별히 좋아하는 사람 축에 든 적도 없다. (아이뿐 아니라 동물이나 정원, 심지어 실내 화초도 마찬가지다. '자기 돌봄'을 권하는 말조차 종종 신경에 거슬리거나 납득이 안 가고.) 그래도 여성성이나 모성을 지적 심오함의 영역으로부터 격리하려 드는 자동 반사적 논리를 거부할 정도로 페미니스트이기는 했다. 더욱이 내가 기억하기로 크라우스는 단순히 격리한 게 아니라 상대방에게 수치심을 안겼다. 그러한 행동 앞에서 나는 달리 선택이 없다고 느꼈다. 나는 갤럽 편에 섰다.

아랍어로 태아를 가리키는 단어는 '시야에서 가려진'을 뜻하는 진jinn에서 파생했다. 초음파 검사를 여러 번 해 봐도, 포궁 내 태아의 율동이 이제 친숙하다 싶어도, 여전히 아이의 몸은 숨어 있던 것의 발현으로 다가온다. 몸이라니! 실재하는 몸! 상상을 뛰어넘을 정도로 자그마한 이기의 몸을 보며 난 경외감에 빠졌고, 그 몸에 이리저리 손을 댈 권리가 있다고 느끼기까지 몇 주는 걸렸다. 이기를 낳기 전에는 다른 양육자가 이제 막 걸음마를 뗀 아이 얼굴에 느닷없이 휴지를 들이미는 모습을 볼 때마다 화들짝 놀라곤 했다. 분비물이 묻었다고 해서 아이가 자기 몸에 대한 자율성을 훼손당해도 괜찮은 대상이 되는 건가. 나는 이기에게 주의를 기울이되 이기를 습격할 마음은 없었다. 안 그래도 소아 성애에 대한 문화 전반에 걸친 우려가 엉뚱한 장소에서 발현하는 통에 이기의 생식기나 항문을 감탄과 희열에 차 바라보거나 그에 가까이 가선 안 될 것만 같은 기분에 사로잡히던 터였는데. 그러다 문득 깨달았다. 이기는 내 아기지. 그러니 난 이기를 자유롭고 익숙하게 다룰 수 있어. 아니, 다루어야만 해! 내 아기니까! 내 아가 궁둥이! 이제 나는 이기의 아가 궁둥이를 기쁘게 만진다. 구멍 숭숭한 장난감 배로 이기의 금빛 고수 머리에 물을 부을 때도 기쁘다. 접시를 뒤집어쓰고 놀다가 버터를 묻힌 머리칼을 기꺼이 적신다.

다행히도 이기는 전혀 개의치 않는다. 이기는 튼실하고, 자기 몸을 침범해도 잘 받아 주는 편이다. 돌도 되기 전에 이기는 요추 천자, 카테터 삽입, 조영 관장, 전기 충격 요법, 핵 스캔, 셀 수 없이 많은 정맥 주사, 다른 사람 몸에서 채취한 여러 희귀 항체의 투여(이 경우 의료 보험이 있었기에 망정이지 보험 없이는 항체가 든 작은 바이얼 병 하나 값만 47,000달러에 육박했으니 이는 동결 정액은 명함도 못 내밀 정도로 고액이다)를 견뎌야 했다. 그럼에도 이기의 타고난 명랑함과 튼튼함은 전혀 수그러들지 않았다. 난 이기가 너무 무거워지기 전까지는 규칙을 어기는 한이 있어도 장소 불문하고 늘 안고 다닌다(레인지 앞에 서서 팬케이크를 만들며, 가파른 산길을 내려가며 등등). 함께 여행길에 오를 때면 이기가—혼자 걸어 다니기 시작한 지 몇 주 되지 않았는데도—내 캐리어를 공항 이리저리 끌도록 둔다. 자기가 끌겠다고 고집을 피운다. 그리고 난 그 고집을 알아본다. 아이를 흔들거나 젖을 물려 재우지 말라고, 그래야 아이가 스스로 잠드는 법을 배운다고 엄격하게 조언하는 책들을 난 무시한다. 이기가 잠들 때까지 안고 있을 시간 여유와 그리고 싶은 욕망이 내게는 운 좋게도 있으므로, 그리한다. 기다리고 기다린 끝에 이기가 마침내 잠에 드는 기운이 숨결에 묻어나고, 두 눈이 열렸다 감겼다 열렸다 감겼다 100번을 깜빡이며 반복하다가 드디어 스르르 감기어 다시 열리지 않을 때까지 바라보고 또 바라본다. 의붓아들을 키운 경험이 있기에 이 의식도 오래가지 않으리라는 걸 안다. 이기의 유아기는 벌써 빠르게 달아나는 중이다. 이 책이 출간될 즈음이면 아예 종적을 감췄을 것이다. 딴딴한 조종사 이기가 되어 소파 앞 탁자를 뒤엎고 그에 올라탄다.

나는 위니콧이라면 쌍수를 든다. 그렇다고 해서 양육서 가운데 가장 자주 인용되고 가장 높이 평가받는 베스트셀러 저서들의 저자가—위니콧, 스폭, 시어스, 와이스블루스—역사적으로 모두 남자였으며 지금까지도 대다수를 이룬다는 정작 가장 도착적인 사실을 간과하지는 않는다. 현재 나와 있는 저서 중에서 상대적으로 진보적인 편(비록 숨 막히게 이성애 규범적이기는 하나)에 속하는 『더 베이비 북』*The Baby Book* 표지에는 지은이 이름이 '윌리엄 시어스(의학 박사)와 마사 시어스(공인 등록 간호사)'로 명시돼 있다. 이 정도면 조짐이 (비교적) 좋다 싶지만, 간호사/배우자/어머니 마사의 목소리는 일화나 이탤릭체나 옆에 붙는 짤막한 글 꼭지로만 등장하지, 공동 서술자의 목소리로 등장하지는 않는다. 여덟 자녀를 돌보느

라 눈코 뜰 새 없이 바빴던 나머지 차마 일인칭 목소리로
는 합류할 수 없었던 걸까? 나는 책이 닳도록 읽어 온 『위
니콧이 말하는 아이』*Winnicott on the Child*를 다시 넘기며 이
책에 남자 소아과 의사가 쓴 소개 글이 하나도 둘도 아니
고 무려 세 편(브래즐턴, 그린스펀, 스폭)이나 실려 있음
을 깨닫는다. 여자 정신 건강 전문가가 위니콧의 유산에
가치를 더할 수 있으리라 전제하는 것만으로도 깨져 버
리는 환상이 있는 걸까? 왜 나부터가 여자가 쓴 육아 책을
찾아보지 않지? 나 역시 무심결에 남자 기상 캐스터를 찾
아 채널을 돌리고 있는 셈인가? 갤럽이나 갤럽 못지않게
똑똑하고 지적인 여느 어머니가 소극적인 여성 의학의 원
칙을 제시하고 슬로터다이크만큼 진지한 대우를 받으려
면 도대체 어찌해야 해? 이런 뒤집어 생각하기에 나부터
가 따분해질 참이다(페미니스트 직업병).

시어스 박사의 『더 베이비 북』에는 「모유 수유 중에 드는
성감」이라는 제목의 짤막한 꼭지가 하나 있는데(마사가
쓴 글일까?), 수유 중에 그런 감각이 들었다고 해서 당신
이 소아 성애자라든가 뭐 그런 이상한 사람인 건 아니니
안심하라는 요지의 글이다. 출산 직후 당신의 몸은 호르
몬 잡탕인 데다가, 수유 중에 촉발되는 호르몬이 섹스할
때 발산되는 호르몬과 같은 만큼 얼마간의 혼동은 용서
된다는 거다.

그런데 두 과정에서 분비되는 호르몬이 같다면 그게 어

떻게 혼동이지? 성감을 A와 B로 구분하는 게, 좀 더 '진짜'에 가까운 성감과 그렇지 않은 성감으로 분류하는 게 어디 가능이나 한 일인가? 또는, 그리고 더 중요하게는, 애초 구분하려는 이유가 뭔데? 열애 같은 관계가 아니라 그 자체로 열애인데.

또는 차라리 낭만적이고 에로틱하며 사로잡지만 옥죄지는 않는 관계다. 나는 아이를 갖고, 아이는 나를 갖는다. 이건 부유하는 에로스, 목적성 없는 에로스다. 수유 중에 혹은 아이를 흔들어 재우다 설사 흥분감을 느낀다 해도 그래서 뭐든 해야겠다고 생각하지는 않는다(그런 생각이 들어도 그 상대가 아이는 아닐 테고 말이다).

앞으로 펼쳐질 몇 년의 시간 동안 이 열애도 차츰 일방적인 것으로 변할 확률이 높다. 적어도 내가 듣고 접한 바에 의하면 그렇다고 한다. 그러니 더더욱 이 순간의 자기 목적성 또는 자체 완결성을 환호하며 반겨야 마땅할 테다.

어찌나 어두운지, 이 밑 공간은. 어둡고 땀에 차 있다. 아이의 축축하고 가냘픈 머리칼에서 사탕과 흙냄새가 나, 나는 그 틈에 입을 묻고 호흡한다. 아이가 나를 필요로 하는 만큼 또는 그 이상으로 내가 아이를 필요로 하는 실수는 결코 저지르고 싶지 않다. 하지만 때때로 컴컴한 동굴과도 같은 이 이층 침대의 밑층에서 아이와 함께 자다 보면, 위에선 아이의 형이 몸태질하듯 뒤척이고 백색 소음기는 가짜 빗소리를 갈아 내고 초록빛 디지털 시계는 매시를 알리는 가운데, 이기의 작은 몸이 내 몸을 보듬을 때가 있음을 부인할 수 없다.

위니콧이 어린이(그리고 어린이를 보듬으려 하는 이들)에 관해 쓴 글이 사랑스러운 이유 하나는 신파로도 허풍으로도 빠지지 않는 '보통어'를 적절히 사용해서다. 지극히 복잡하고 진중한 사안을 논할 때도 어김없이 그리한다. 『퀴어 낙관주의』*Queer Optimism*에서 마이클 스네디커는 "청소년기 우울증을 한 점의 아이러니도 없이 '센티함'이라 명명"한 것이야말로 위니콧 특유의 바람 빼면서도 일축하지는 않는 접근을 보여 주는 예로 꼽는다. 퀴어 이론이 멜랑콜리에 오래 천착해 온 것을 두고 스네디커는 "멜랑콜리에 대해 멋들어진 말을 늘어놓기는 〔…〕 쉽다"고 말한다. "반면 '센티함'을 두고 멋들어진 말을 늘어놓기는 어렵다."

앞에 놓인 상황의 구체와 세부를 함부로 짓밟기도 하는 거시적인 개념이나 인물에 현혹될 가능성을 (또는 현혹되는 결과를) 종종 동반한다는 점을 스네디커는 멋들어진 말의 문제점으로 지적한다. (일례로 위니콧은 프로이트가 "미켈란젤로 정도 되는 조각가의 기법에서 세부적인 요소를 하나씩 제거해 버리는 식으로 이론적 단순화를 달성"하는 데 죽음 욕동 개념을 동원하고 있다는 혐의를 제기한 바 있다.)

작가들은 이러한 지적에 담긴 혐의 또는 비난에 대개 놀라지 않을 테고, 사랑하는 사람을 추앙하는 글을 써 보려 한 작가라면 이런 문제 제기가 생소하지도 않을 것이다. 언젠가 웨인 쾨스텐바움은 이런 일화를 나누었다. "예전에 사귄(수십 년 전 일이다!) 사이코 여친이 내가 보낸 장문의 열렬한 편지에 굴욕적인 한마디로 퇴짜를 놓은 적이 있다. '기왕 편지 보내는 거 다음엔 나한테 쓰는 게 어때.' 답장이라고 쪽지에 달랑 그 한마디 써서 보냈다. 그걸 보고 생각했다. '자기한테 쓴 게 아니라고? 그런가? 아니, 내가 걔한테 편지를 쓰면서 실은 걔한테 쓰고 있는 게 아니라는 걸 어떻게 알아차릴 수나 있다고?' 아직 데리다가 『우편 엽서』를 쓰기 전이라, 나는 '관계 맺으라는' 지시, 글쓰기의 끝에 있는 없음에 대고 말할 게 아니라 누군가를 상대로 말을 걸라는 기가 차는 지시를 받은 기분이었고, 나르시시즘에 빠져 장문의 열렬한 편지나 쓰는 사람으로 몰린 당혹스러움과 상처를 어찌해야 좋을지 몰랐다."

형언한 것 안에 형언할 수 없는 것이—형언할 수 없게도!—존재할 수는 있겠지만, 나이가 들수록 나는 저 없음이 두렵고, 내가 가장 아끼는 이들에 대해 멋들어진 말이나 늘어놓을까 봐 두렵다(『리어 왕』의 코딜리어).

이 책의 초고를 완성하자마자 해리에게 읽어 보라고 준다. 퇴근해 집에 돌아오니 해리의 배낭에 든 흐트러진 원고 귀퉁이와 해리가 발산하는 기분이 나를 맞는다. 다 읽었다는 말이 필요 없다. 내가 감지한 해리의 기분은, 단어를 붙이자면 조용한 분노에 가깝다. 우리는 내일 점심을 나가 먹으며 원고 얘기를 하기로 한다. 다음 날 해리는 내 글이 자기를 제대로 보지도 보듬어 주지도 못하는 느낌이라고 토로한다. 그게 얼마나 끔찍한 느낌인지야 나도 안다. 우리는 샤프 연필을 각기 손에 쥐고 원고를 한 페이지씩 같이 살피고, 내가 초고에서 자기와 우리 둘을 재현한 방식을 어떻게 더 정교히 다듬으면 좋을지 해리가 이런저런 제안을 한다. 나는 그 말을 귀담아들으려 애쓰며, 애초 자신에 대해 쓰는 걸 허락해 준 해리의 아량을 되새긴다. 해리는 사생활을 무척 중시하는 사람이고, 나와 함께 사는 건 뇌전증을 앓으며 인공 심박 조율기를 몸에 달고 사는 사람이 섬광등을 주재료로 쓰는 예술가와 결혼한 것과 같다고도 여러 차례 얘기했으니까. 그래도 내 자기 변호 충동은 쉽게 수그러들지 않는다. 책이 자유로운 자기 표현의 산물인 동시에 교섭의 결과일 순 없잖아? 구멍이 숭숭하다고 그물을 탓하는 건 부질없는 노릇이라며?

그건 불량한 그물을 두고 둘러대는 핑계일 뿐이야라고 해리는 말할지 모른다. 하지만 이건 내 책인걸, 내 책! 그래, 하지만 내 삶의 세부 사항, 우리가 함께하는 삶의 세부는 너 혼자만의 소유가 아니라고. 알아, 하지만 마음이란 게 내 나와 이웃의 내게 같은 관심을 기울이진 못하잖아. 이웃의 나는 다른 모든 것과 뭉뚱그려져 하나의 이질적인 덩어리가 되고, 그걸 배경으로 내 나가 더욱 부각되기 마련이지. 그야

글 작가의 나르시시즘이고. 나르시시즘이라니, 이건 윌리엄 제임스가 주체성 자체를 설명한 방식이라고. 그랬든 말든—그냥 나와 우리를, 우리 행복을 적당한 선에서 증언하는 글을 쓰면 안 돼? 그야 나도 아직 글쓰기와 행복, 글쓰기와 보듬음의 관계를 이해하지 못하겠으니까.

언젠가 둘이 같이 책을 쓰기로 한 적이 있다. 제목은 『근접도』*Proximity*로 정했다. 질 들뢰즈와 클레르 파르네가 공동 저술한 『디알로그』의 에토스를 따를 계획이었다. "우리 둘 중 어느 쪽에서 이것이 나오고 어느 쪽에서 저것이 나온 건지 아니면 아예 다른 사람에게서 나온 건지 확신하기가 점점 어려워지면서, 우리는 '글을 쓴다는 건 무엇인가?'라는 질문을 보다 명확히 파악하게 될 터였다."

하지만 시간이 지나면서 그런 어우러짐 또는 뒤섞임을 개념적으로 생각하는 것만으로도 내 안에 과도한 불안감이 인다는 걸 깨달았다. 아직은 내 나를 망각할 준비가 안 되었던 걸 텐데, 그럴 만도 한 게 내가 글쓰기를 그 무엇인가를 ('그 무엇인가'가 무엇이건) 찾을 수 있을 유일한 장소로 여겨 온 기간이 워낙 길다.

치욕의 순간: 고등 학교 내내 나는 자유롭고 장황하게, 열정적으로 말을 늘어놓는 사람이었다. 그렇게 대학에 갔더니 어느새 주변 사람들이 쟤 또 시작이네라고 눈 굴리

며 진저리치는 사람이 될 처지에 놓였다. 얼마간의 시간과 노력을 들여야 했지만 차츰 나는 말없이 관찰하는 (실은 관찰하는 척 시늉하는) 법을 배웠다. 이런 시늉 덕에 공책 여백마다 엄청난 분량의 글을 쓰기에 이르렀다. 그리고 여백에 쓴 그 글들을 채굴해 이후 시를 지을 거였다.

스스로 입을 다물리고는 지면에 말을 쏟아붓기. 이게 어느새 습관이 되었다. 하지만 이젠 강의를 통해 다시 장황하게 말하는 습관으로도 돌아왔다.

가르치는 입장에서는 누가 호명하지 않아도 먼저 나서서 말하고, 이미 여러 말 해 놓고도 학생들의 대화에 불쑥 끼어들어 토를 달거나 결실 없는 소용돌이에 빠진 걸로 판단되는 논의의 방향을 되잡으려 누군가의 말을 끊기도 한다. 그래도 대놓고 눈 굴리는 사람이 없고 언어 치료를 받아 보라고 쏘아붙이는 사람도 없으니 그저 마음 가는 대로 빠르고 장황하고 거리낌 없이 말할 수 있어서, 그 사실을 아는 것만으로 기분이 고양된다. 이게 좋은 교육법이라는 말은 아니다. 내게 아주 깊은 쾌락과 만족감을 준다는 것뿐이지.

포스트잇 메모지를 머리에 덕지덕지 붙이고 와 한 장씩 뜯어 가며 강의하는 것 같아. 내가 동경하던 메리 앤 코즈의 강의법을 두고 동기 하나가 언젠가 이렇게 불평한 적이 있다. 코즈의 강의 방식(과 머리 스타일)을 너무도 정확히 포착한 말이라 수긍할 수밖에 없었다. 어쨌든 난 코즈의 강의 방식이 좋았고, 그에게 다른 식으로 가르치라고 말할 사람이 없는 점이 좋았다. 그런 대로 그를 견디든가 강의를 포기하든가—선택은 각자의 몫이었다. 아일린 마일스도 같은 과였다. 마일스는 캘리포니아 대학교 샌디에이고 캠퍼스의 한 학생이 자기 강의 스타일을 일컬어 "우리한테 피자를 던져 대는" 것 같다고 불평한 일화를 이야기하곤 한다. 나는 아일린 마일스가 던진 피자와 메리 앤 코즈의 둥지 머리에 붙어 있던 포스트잇 메모지를 접할 수나 있음을 행운으로 알라고 생각하는 쪽이다.

『리어 왕』의 코딜리어는 마음을 입 밖으로 끄집어내지 못했다. 다른 누군들 심장을 입으로 끌어올릴 수 있나? 상관없다. 시도조차 거절하기—이게 코딜리어의 널리 알려진 명예 훈장이 된다. 그런데 나는 코딜리어의 침묵에 마음이 움직이나 싶다가도 끝내 움직인 적이 없다. 오히려 그 침묵이 예전부터 감동적이기보다는 왠지 모르게 불안 강박적이고 독선적으로, 심지어는 인색하게 다가왔다.

앤 카슨 **단어를 낭비할 때 우리가 놓치는 건 정확히 무엇인가? 그런데 단어가 실은 풍족하다 못해 과다하게 존재하며 아무런 대가도 요구하지 않는, 지구상에 몇 남지 않은 경제 중 하나라면?**

앤 카슨 인터뷰가 실린 문예지를 최근에 우편으로 받았는데, 이 인터뷰에서 그는 어떤 질문에는—질문이 너무

고리타분해서? 너무 사적인 걸 물어서?—빈 대괄호〔 〕
로 대답한다. 여기에 교훈이 있다. 나였다면 질문 하나하
나에 장문의 글로 답했을 테고, 그 결과 평생 수도 없이 들
어 온 말을 또 들었을 테다: "정말이지 너무 좋은데, 위에
서 분량을 좀 줄이라고 해서요." 카슨의 대괄호를 보자마
자 난 손에 쥔 패를 확실히 드러내 보이고 마는 내 강박이
창피해진다. 하지만 그 괄호들을 생각할수록 마음에 걸
리는 게 하나 있다. 그 괄호들은 말하지 않은 것이 말할 수
있는 것 안에 담겨 있도록 그저 두는 게 아니라, 말하지 않
은 걸 페티시로 만들고 있는 게 아니냐는.

여러 해 전에 카슨이 뉴욕시의 교사 작가 컬래버러티브*
에서 강연한 적이 있는데, 그 강연에서 카슨은 '신이 들이
닥칠 수 있도록 자리를 비워 두기'라는 개념을 (내게는 처
음으로) 소개했다. 당시 만나던 사람이 분재를 좋아해 아
주 생소한 개념은 아니었다. 분재 식물을 화분의 중앙을
비켜 심는 것도 신성함이 깃들 자리를 만들기 위해서다.
하지만 그날 카슨은 이를 문학적 개념으로 바꾸어 놓았
다. (중심이 쓸모를 잃도록 행동하라는, 카슨이 학생들에게
전하려 한 거트루드 스타인의 지혜.) 난 카슨의 이름을 그
날 처음 들어 본 반면, 강연장은 사람들로 붐볐고 나를 뺀

---

* Teachers and Writers Collaborative. 1967년에 허버트 콜, 준
조던, 뮤리엘 루카이저, 그레이스 페일리, 앤 섹스턴을 비롯한 여러
교사와 작가가 뜻을 모아 세운 일종의 예술 교육 단체. 공교육
시설에 작가와 예술가를 파견해 글쓰기 수업과 레지던시, 워크숍
등을 진행한다.

모두가 카슨에 대해 알고 온 게 틀림없었다. 카슨은 말 그대로 '강연'을 했다. 에드워드 호퍼의 그림을 슬라이드로 준비해 왔고 슬라이드 목록을 복사해 돌렸다. 세상에 교수-작가만큼 멋진 직업은 없다는 강렬한 인상을 풍겼다. 나는 신을 위해 중심을 비워 둔다는 이 개념을 붙들고 집에 돌아갔다. 타로 점을 보는 자리나 알코올 중독자 자조 모임에 우연히 발 들였다가 몇 년이고 곱씹으며 의지할, 심적으로나 예술적으로 지탱해 줄 결정적인 한마디를 듣는 경험과도 같았다.

창이라곤 없고 하늘을 기리듯 뒷벽만 옅은 푸른색으로 칠해 놓은 이 연구실 책상에 앉아, 인터뷰 기사에 실린 대괄호들을 오래전 그 강연을 나타내는 표지라 여기고 반갑게 받아들이려 노력한다. 하지만 계시라고 전부 유효한 건 아니다.

최근에 한 학생이 연구실로 찾아와 자기 모친이 『로스앤젤레스 타임스』에 기고한 사설을 보여 줬다. 이 학생의 트랜스젠더 정체성에 대한 어머니 본인의 걷잡을 수 없는 감정 소용돌이를 묘사한 글이었다. "남자가 된 딸을, 내 딸인 남자를 사랑하고 싶지만"이라는 말로 그는 운을 뗀다. "딸아이의 변화가 낳은 홍수와 그에 대한 내 저항 가운데서 버둥거리고 있는 지금, 영영 내 분노와 설움의 강을 건너지 못할 거라는 두려움이 든다."

그 학생과는 점잖게 대화를 나누었지만, 집에 가자마자 사설을 소리 내어 읽으며 격분했다. "트랜스젠더 아이로 인해 부모는 죽음과 마주하게 된다"고 이 어머니는 한탄하고 있었다. "내가 알고 사랑하던 딸은 온데간데없이 사라지고 얼굴에 수염 난 굵은 목소리의 생판 남이 그 자리를 차지했다." 이 사람이 자기 아이를 두고 사용한 표현들과 이런 글을 굳이 주요 일간지에 보낸 사실 중 뭐에 더 애가 끊는지 분간하기 어려웠다. 안락하게 사는 시스젠더화된 사람들, 짐작건대 '우리'에 해당할 이들이 주류 매체를 통해 반복하는 이야기, 이들이 짐작건대 '그들'에 해당할 다른 사람들의 트랜지션을 두고 본인이 느끼는 상실감을 쏟아 내는 이야기에 아주 신물이 난다고 나는 네게 말했다. (형제의 MTF 트랜지션을 지켜보아야 했던 힘겨운 경험을 토로한 글에서 몰리 해스켈은 이렇게 묻는다. "한 사람의 해방이 다른 사람의 상실로 이어지는 경험은 우리가 살면서 겪는 생애 위기 중 어디쯤 해당할까?" 해스켈이 답을 바라고 이 질문을 건넸을 희박한 가능성을 감안해 한마디 남기자면, 딱히 중요하지도 긴급하지도 않은 축에 들걸요.)

놀랍게도 너는 격분하지 않았다. 나와 같이 분노하는 대신 눈썹을 치켜올리며 너부터가 불과 몇 년 전에 비슷한 두려움을 표현하지 않았냐고 말했다. 사설에 쓰인 그런 표현을 쓰지는 않았어도 너 역시 호르몬과 수술이 초래할 예상 못 할 변화를 우려하지 않았느냐고 상기시켜 주었다.

부엌에 서서 이런 이야기를 주고받다가 문득, 캐나다에서 날아온 테스토스테론 안내지의 깨알 같은 글씨를 조리대 앞에 서서 샅샅이 정독했던 기억이 났다(이 분야에 있어 캐나다는 미국보다 몇 광년은 앞서 있다). 그때 나 또한 호르몬을 맞으면서 네 어떤 면이 달라지고 어떤 면이 달라지지 않을지 겁에 질려 울먹이며 알아내려 했음을.

내가 그 안내지를 이 잡듯 읽어 나갈 즈음, 우리는 1년 넘게 이렇다 할 성과 없이 임신을 시도하고 있던 차였다. 나는 포궁 내막을 부풀려 본답시고 '손힘 좋은' 즉 두 다리에 멍을 잔뜩 남기곤 하는 침술사가 준 냄새 고약한 베이지색 캡슐 약과 반들반들한 갈색 알갱이들을 한 주먹씩 삼켜 가며 바쁘게 지내고 있었다. 그동안 너는 탑 수술을 위한 준비 과정과 포궁을 축소해 줄 호르몬 투여를 시작한 터였다. 난 수술보다도 호르몬의 효과를 걱정했고—절제에는 명료한 측면이 있지만 호르몬 재구성은 그렇지 않다—네가 가슴을 그대로 두었으면 하는 바람도 여전히 조금 있었다. 이 바람은 너를 위한 게 아니라 나를 위한 것이었다(그런 만큼 서둘러 폐기해야 할 욕망이었다). 게다가 난 내게 자세히 들여다본 적 없는, 너 대신 품은 부치 허세가 있음을 깨달았다. 예컨대—수염을 기른 지도 몇 년은 됐고 호르몬을 맞지 않고도 90퍼센트는 패싱하잖아, 90퍼센트면 그러길 바라는 사람 대다수보다 높은 확률이고. 그거면 충분하지 않아?

이런 말을 입 밖에 낼 수는 없어 나는 테스토스테론이 유발할 수도 있는 콜레스테롤 수치 상승이나 심혈관계에 끼칠 부담 같은 잠재적 부작용에 집중했다. 내 아빠만 해도 마흔 살에 합리를 거스르는 이유로("심장이 터졌다") 돌아가셨는데, 너도 그런 식으로 잃으면 어떡해? 게다가 아빠도 너도 쌍둥이자리였다. 나는 가능한 부작용을 불길하다는 듯 소리 내 나열했다. 이러이러한 위험이 있다는 걸 알리기만 하면 너도 으레 겁을 먹고 호르몬을 맞겠다는 생각을 영영 접어 버릴 거라는 듯이. 하지만 너는 어쩔 수 없다는 듯 어깨를 한 번 으쓱이곤 가능한 부작용의 위험도가 호르몬을 맞는다고 더 높아지는 건 아니고, 호르몬을 맞지 않는 시스 남자들에 비해 더 높은 것도 아니라고 다시 말했다. 나는 몇몇 불교 계율을 어설프게 읊어 봤다. 내적 변동에 집중하기보다 외적 변용을 좇는 행동에 잠재할 수 있는 어리석음에 관한 계율이었다. 이런 대대적인 외적 변화를 겪고도 네 몸이 그리고 이 세상이 여전히 거북하고 불편하면 그땐 어떡해? 젠더에 관한 한 외부와 내부가 어디서 시작하고 어디서 끝나는지 지도 그리듯 그려 보일 수 없음을 모른다는 듯이—

너는 참다못해 급기야 나라고 걱정이 안 될 것 같아? 당연히 나도 걱정되지, 라고 말했다. 그러니 지금 나한테 필요한 건 지지와 격려지 네 걱정을 보태는 게 아니야. 나는 납득했고, 지지를 건넨다.

알고 보니 내 두려움은 괜한 것이었다. 네가 달라지지 않은 건 아니다. 하지만 가장 큰 변화는 일말이나마 평안을 찾았다는 거였다. 완전한 평안은 아니더라도 숨 막히는 불안에 에워싸인 가운데 얻는 일말의 평온은 결코 사소하지 않다. 너는 서러움과 상실감을 느끼기는 하는데, 이는 그리도 오랜 시간을 끌었다는 데서 오는 상실감, 얼마간이나마 편해지기까지 30년에 걸쳐 극심한 고통을 겪어야 했다는 사실에서 오는 서러움이다. 그렇기에 나 역시 네 등 아래쪽에 새겨진 파란색 사다리 문신 아래로 네 칸 세어 내려가 손끝으로 살을 펴고 5센티미터 가까이 되는 주사 바늘로 기름기 띤 금빛 호르몬을 심부 근육 깊숙이 밀어 넣을 때마다, 네게 선물을 전하고 있음을 확신한다.

그리고 네 곁에서 여러 해를 지내 온 지금은, 죽죽 내달리는 네 마음이 거침없는 날것의 예술을 낳는 것을 보며—그리고 정작 나는 이 문장들을 근엄할 정도로 힘겹게 짓고 앉아서는, (의미 만들기에, 주장에, 논쟁에 느슨한 형태로라도 충실하려 들며) 산문이란 그런 야생성과 날것을 저버리고 그 자리에 세우는 묘비가 아닐지 내내 자문하면서—우리 둘 중에 누가 더 이 세상을 편하게 느끼는지, 누가 더 자유로운 건지 더 이상 확신하지 못하게 되었다.

어떻게 설명해야 할까. '트랜스'가 약칭으로는 그럭저럭 기능하지만 이 단어가 환기하는, 빠르게 자리 잡고 있는 주류 서사('몸을 잘못 타고났'기에 필연적으로 두 개의 고정된 목적지 사이에서 정형외과적 순례의 길을 걸어야 한다는 서사)가 어떤 이들에게는 전혀 무용하다는 걸? 동시에 또 다른 이들에게는 부분적으로 혹은 아주 깊이 유용하다는 걸? '트랜지션'이 어떤 이들에게는 한 젠더를 버리는 것을 의미할 수도 있지만 다른 이들에게는—예컨대 호르몬 맞는 부치로 정체화하는 데 만족하는 해리 같은 사람에게는—그렇지 않다는 걸? 전 어딘가를 향한 게 아니에요. 해리는 사람들 질문에 가끔 이렇게 대답한다. 말끔한 해소와 매듭만을 갈구하는 문화 풍토에서 삶의 어수선함을 어떻게 설명해야 좋을까? 난 태어날 때 내게 지정된 여성 젠더를 원하지 않는다. 그렇다고 트랜스섹슈얼 의약물이 제공할 수 있으며 내가 올바르게 행동하는 한 국가가 내게 수여할 남성 젠더를 원하지도 않는다. 그런 건 전부 사절이다. 이런 해소되지 않은 상태를 전혀 또는 때에 따라 거리끼지 않는 이들도 있고 심지어는 (예컨대 '젠더 해커들'처럼) 열망하는 이들도 있으며, 반대로 어떤 이들에게는 이런 상태가 영영 또는 시시로 갈등이나 서러움과 상실감의 원천으로 남기도 한다는 사실은 또 어떻게 설명해야 좋을까? 사람들이 자기 젠더나 섹슈얼리티에 관해—실은 그 무엇에 관해서건—어떻게 느끼는지 알아내는 가장 좋은 방법은 그들이 하는 말을 경청하고 그 말에 따라 그들을 대하는 것이지, 그들 본인이 밝힌 현실을 당신의 현실로 뒤덮어 버리는 게 아니라는 걸 어떻게 전달해야 하나?

다들 어찌나 넘겨짚는지. 한편에는 뭐든 범주화하려 드는 아리스토텔레스적인, 어쩌면 진화론적인 욕구가 자리하고―포식형, 황혼, 식용―다른 한편에는 이행하는 것, 탈주, 특대형 냄비에 든 잡탕이나 마찬가지인 우리의 실제 삶에 경의를 표하려는 욕구가 자리한다. 되어 가기. 들뢰즈와 가타리는 이를 탈주라 명명했다. 동물-되기, 여자-되기, 분자-되기. 됨에 이르는 적 없이 되어 가는 되기, 진화나 접근이 아니라 특정한 돌아섬을 규칙으로 삼는 되어 가기, 안을 향해 돌아드는 특정한 전환, 내게로 돌아드는 / 안을 향해 돌아 / 나 자신에게로 / 마침내 / 돌아 나가기 / 새하얀 우리에서, 돌아 나가기 / 숙녀라는 우리에서 / 마침내 돌아서.

루실 클리프튼

버틀러 정체성 정치에 의문을 제기하는 글을 심지어 책으로 묶어 냈지만 그런 뒤로도 레즈비언 정체성의 표본으로 여겨지고 마는 게 고통스러웠습니다. 실은 사람들이 제 책을 읽지 않았거나 정체성 정치의 상품화가 너무 강력해 누가 어떤 글을 쓰건, 심지어 그런 정체성 정치에 분명히 반대하는 글을 써도 그 기계에 그대로 집어삼켜지는 걸 테지만요.

널리 확산한 "정체성의 상품화"를 문제 요인으로 명명한 건 버틀러의 아량이 넓어서라고 본다. 나는 그보다 너그럽지 못하게 이렇게 말하겠다. 어떤 사람들에게는 버틀러가 레즈비언이라는 사실이 너무 눈부신 나머지 그의 입에서 나오는 말이다 싶으면 모조리―레즈비언의 입에서 나오는 말과 머리에서 나오는 발상이라면 영락없이—한 단어로 환원하는 거라고: 레즈비언, 레즈비언, 레즈비언. 그로부터 레즈비언을 묵살하는 지점에 이르기까지는 순식간이다. 인종 차별적인 과거 그리고 현재와 너무 많이 닮은 소위 '탈인종적 분리' 미래로 조용히 미끄러져 들어가기를 거부하는 사람을 죄다 *정체성주의자*라 몰아세우며 무시하는 것도 다를 바 없다. 화자에게 그러한 정체성을 전가하고는 자기가 전가한 정체성 너머를 보지 못하고 있는 건 정작 청자임에도 말이다. 화자를 *정체성주의자*라 부름으로써 청자는 화자의 말을 듣지 않아도 되는 효과적인 구실을 얻게 되고, 이에 따라 청자는 한때 선점했던 화자 역을 다시 차지하게 된다. 그리하여 우리 모두가 자크 랑시에르, 알랭 바디우, 슬라보예 지젝을 또다시 기조 연설자로 초대한 또 하나의 컨퍼런스가 열리는 장소로 달려가 자기와 타자에 대해 명상하고, 래디컬한 차이와 씨름하고, 둘의 결정적인 중요성을 칭송하며 세련되지 못한 정체성주의자들을 면박할 수 있는 것이다. 우리가 지난 몇 세기에 걸쳐 해 온 대로, 단에 올라 설파하는 위대한 백인 남자의 발치에 모여.

한마디로 자신을 요약해 보라는 어느 기자의 말에, 존 케이지는 "당신이 어느 케이지에 갇혔건 그로부터 벗어나도록 해요"라고 대답한 적이 있다. 케이지는 자기 이름이 자기에게 들러붙어 있음을, 혹은 자기가 이름에 들러붙어 있음을 알았다. 그럼에도 그는 벗어나라고 촉구한다.

아르고호를 구성하는 선체 부위나 부품은 교체되지만, 배는 계속해서 아르고호라 불린다. 우리 모두 공중으로 날아오르는 데 점차 익숙해질 수는 있지만, 그렇다고 모든 해와 가지가 무용해지는 건 아니다. 평소에 쓸쓸한 느낌이라든가 추운 느낌이라는 말을 선선히 사용하듯, 우리는 그리고의 느낌이라고, 만일의 느낌이라고, 하지만의 느낌이라고, 의해서의 느낌이라고도 선뜻 말할 수 있어야 한다. 선뜻 말할 수 있어야 하지만 우리는 그러지 않는다. 적어도 전자만큼 선선히 말하지는 않는다. 하지만 말하는 횟수를 조금씩 늘려 가다 보면 그러한 느낌과 다시 마주했을 때 예전에 비해 신속하게 알아보게 됨은 물론, 저게 뭔가 싶어 대놓고 쳐다보는 시간도, 바라건대, 점차 줄어들지 모른다.

윌리엄 제임스

20대 때 난 뉴욕의 이스트 10번가에 있는 러시아와 튀르키예식 공중 목욕탕에 매주 들러, 귀신처럼 그곳을 배회하는 한 여자의 말도 안 되게 연로한 몸을 보며 생각에 잠기곤 했다. (그 목욕탕이 아직 여자 전용이던 1990년대에 가 본 사람은 누구를 말하는 건지 알 테다.) 창백한 음모 아래로 늘어진 그의 음순과 김빠진 풍선처럼 흘러내려 덜렁이는 볼깃살을 보며 사색에 젖곤 했다. 그래서 내가 물었어. 음순이 정말 늘어져? 응, 그가 말했어. 남자들 불알처럼 음순도 중력을 못 이기고 늘어지거든. 난 그런 건 금시초문이라고, 이제부터 유심히 봐야겠다고 말했어. 목욕탕에서 그 여자와 마주칠 때마다 나도 그를 관찰하며 늙은 여

도디 벨러미

87

자의 몸에 대해 최대한 배우려 했다. (이제는 나도 '나이 지긋한 여자의 몸'이라 표현해야 함을 알지만 어렸던 그 시절엔, 우리 문화 전반이 그러하듯, '늙은' 여자와 '나이 지긋한' 여자 사이의 간격을 종종 축소하고 무너뜨려 판독이 불가능하거나 중요치 않은 것으로 취급했다.)

하지만 대학원생이라는 본업에 임할 동안은 앨런 긴즈버그가 시에서 "내가 혐오한 / 지방 조직 / 그 늘어진 배자두"와 "내가 1937년부터 역겨워한 그 한 구멍" 같은 표현으로 여성 성기를 묘사한 태도와 언어가 치욕적이라며 불쾌감만 표했다. 지금까지도 나는 여성 혐오에서 비롯한 역겨움을 설사 패그덤fagdom을 위해서라도 공공연히 피력할 필요는 없다고 생각하는 편이지만, 어쨌든 역겨움을 느끼는 것 자체는 납득한다. 외음부는 종류와 유형안 가리고 대개 혹은 종종 끈적거리고 늘어지고 대롱거리며 징그럽기 마련이다. 그게 성기의 매력이기도 하고.

그러나 긴즈버그의 시에 등장하는 저런 혐오적 순간들도 그가 「카디시」Kaddish라는 압도적인 시에서 끝장을 보자는 식으로 자기 어머니—정신 줄 놓은 나오미—의 알몸을 고스란히 맞닥뜨리는 태도와 한 그릇에 나란히 담아 바라보면 다른 빛을 내고, 이젠 나도 이 사실을 인지하게 됐다.

한번은 날 꼬시려는 건가 싶었어—세면대 거울 앞에서 교태를 부리고—방 대부분을 차지하는 큰 침대에 누워 원피스를 엉덩이까지 끌어올리고, 털 뭉텅이, 수술 자국들, 췌장, 배에 난 흉터, 임신 중지 시술들, 맹장, 흉한 지퍼처럼 지방에 두텁게 박혀 살을 끌어내리는 봉합 자국—두 다리 가운데 너덜너덜 긴 입술—뭐야, 심지어, 똥구멍 냄새? 난 싸늘했어—그러다 약간 메스꺼웠는데 많이는 아니고—이어서: 해 봐도 좋지 않을까—태초의 포궁 괴물과—그렇게—안면 익힌다 치고. 그런들 신경이나 쓸까? 그녀에게도 연인은 필요한데.

이이트바라흐, 베이스타브바아흐, 베이트파아르, 베이트로맘, 베이야트나스, 베야다르, 베야트알레, 베야탈레, 슈메 데쿠샤 베리크 후〔신성하고 찬송하고 찬미하고 칭송하고 찬양하며 영광 속에 받들어 예찬하는 거룩하신 분의 이름, 복되도다〕.

이제 와 이 대목을 다시 읽으며 느끼는 건 감동과 영감뿐이다. "뭐야, 심지어, 똥구멍 냄새?" 이 구절에서 긴즈버그는 스스로를 달래고 회유하며 절벽 끝까지 몰고, 그러느라고 억측과 상상으로 기울면서도 물러서지 않는다. "태초의 포궁 괴물" 너머 어머니의 미주알에까지 자신을 밀어붙이고, 몸을 기울여 냄새를 맡는다. 비체를 섬기기 위해서가 아니라 아량의 한계를 가늠하기 위해. 그녀에게도 연인은 필요한데—내가 그 이름인가?

이런 몰아붙이기의 결과는? "그러다 약간 메스꺼웠는데 많이는 아니고." 일축하지 않으면서도 바람 빼는 이리도 근사한 예라니!

영화 「샤이닝」의 귀신 들린 호텔 욕실에서 잭 니컬슨이 포옹한 매력적인 젊은 여자가 그의 품에 안긴 채 묘령의 아가씨에서 부패하는 시신으로 눈 깜짝할 사이 급변하는 장면을 열 살 무렵에 본 기억이 있다. 이 장면이 원초적인 공포로 꼽히는 공포를 나타내고자 했음을 그때도 알 수 있었다. 다른 영화도 아니고 「샤이닝」이었으니까. 그런데도 삶이 문드러지는 가운데 노파가 뒷걸음질 치는 남자에게 히죽거리며 욕망의 팔을 뻗는 모습이 30년 동안 마음을 떠나지 않았다. 동행하는 친구처럼. 영화 속 노파는 목욕탕의 귀신이자 정신 줄 놓은 나오미다. 다른 이를 욕망하고 자신 또한 욕망받는 영역에서 이제 그만 은퇴하라는 지침을 미처 받지 못한 이. 또는 그저 남자를 단단히 혼쭐내려던 걸 수도 있고. 실제로 그리하듯이.

『불교도』*The Buddhist*에서 도디 벨러미는 조너선 프랜즌이 『자유』에서 한 중년 여자를 다음과 같이 묘사한 대목을 들어 그를 비난한다. "이어서 여자는 입술을 벌리고 맹랑한 눈빛으로 도발하듯 캐츠를 바라보며 기다렸다. 제 존재감이—그녀가 그녀로서 존재하는 드라마가—어떻게 받아들여지는지 볼 심산으로. 그런 부류가 대개 그렇듯, 자기가 그를 독창적인 방식으로 도발하고 있다고 확신하는 듯했다. 단어까지 똑같을 정도로 거기서 거기인 그런 도발을 100번은 족히 겪은 캐츠로서는 이제 넘어가는 흥내조차 낼 수 없음에 미안한 마음을 느껴야 하는 황당한 위치에 놓였다. 루시의 변변찮아도 배짱 있는 자아를, 늙은 여자의 결핍된 자신감이라는 그 너른 바다에 표류한 자아를 동정해야만 하는 위치에 말이다." 벨러미는 이 대목에 이렇게 응수한다. "이 소설이 관점을 수시로 바꾸는 과장된 기법을 동원한다고 들어서 과제 도서로 지정할까 싶어 들여다봤는데, 저 대목을 보고는 아서라, 100년이 지나도 그럴 일은 없을 거라고 다짐했다. [⋯] 하여간 중년 여자라면 어쩌나 쉽고 만만한 사냥감 취급을 하는지, 망가진 몸이 수치스러워 눈도 못 마주치고 고개 떨구며 걸어 다녀야 하는 존재라는 듯이." 이어 벨러미는 "사악한 프랜즌-관점을 날려 줄 유치한 쭈그렁 할머니 그림"을 덧붙인다.

그 그림을 여기에 싣지는 않겠지만 여러분이 직접 벨러미의 『불교도』를 찾아보길 권한다. 그림을 싣는 대신 나는 이 지면을 빌려 내가 아는 유치한 쭈그렁 할머니들 얘기를 하겠다(다만 이들 중 실제로 유치하고 실제로 쭈그렁 할머니인 사람은 하나도 없다). 이 중 몇은 앞서 이미 소개했다. 한동안 난 이이들을 '내 선한 마녀들'이라고도 불렀는데, 딱 맞아떨어지는 이름은 아니었다. 별명치고 너무 길지만 않았으면 "내 마음속 복수複數 젠더 어머니들"이라 불렀을 텐데. 시인 데이나 워드가 훌륭한 장시 「어머니 켄터키주」A Kentucky of Mothers에서 앨런 긴즈버그와 배리 매닐로는 물론 자기 아버지와 할머니, 어릴 적 이웃, 영화 「헤더스」에서 위노나 라이더가 맡은 배역, 엘라 피츠제럴드, 야콥 본 군텐 그리고 자기 생모까지 모두 아울러 지칭한 표현을 빌려서 말이다. 이 시는 희열로 충만한 모계 중심 우주론을 짓는 불가능에 가까운 위업을 달성해 내는 동시에 모성에서 페티시적 요소를 제거하고 심지어는 모성이라는 범주 자체를 탈탈 털듯 비워 내며 급기야 이런 질문에 다다른다. "그런데 '아무개의 어머니'는 정확한 말인가? / '아무개의 찬미자들'이라고 말해야 하는 걸까? [⋯] 이런 타인들을 내 엄마들이라 불러 왔지만 그리 불러도 좋은 걸까? 이건 돌봄인가, 만일 그렇다면 나는 내 노래로 경의를 표했나?"

학부생 때 크리스티나 크로스비라는 교수에게 페미니즘 이론 강의를 들었다. 정말이지 최선을 다한 수업이었는데, 그는 내게 A- 학점을 줬다. 당시엔 납득할 수 없었지만 이제는 알겠다. 그 시절의 난 지성을 나눌 어머니들을 찾아 크루징하고 있었던 셈이고, 나도 모르게 엄하고 모성적이지 않은 유형에 이끌렸던 거다. 크리스티나는 오토바이나 날렵한 도로 주행용 자전거를 타고 학교에 나타나 헬멧을 옆구리에 끼고 강의실에 들이닥쳤고, 머리와 뺨에서 알알하게 묻어나는 뉴잉글랜드의 화사한 가을 기운에 강의실에 앉은 모두가 경외심과 욕망으로 전율했다. 난 지금도 강의를 시작할 때마다 강의실에 들어서던 크리스티나의 모습을 떠올린다. 그는 늘 살짝 늦게 나타났다. 지각이라고 콕 집어 단정할 수는 없지만, 파티 장소에 가장 먼저 나타날 유형은 절대 아니었다고 하자. 그는 우아했고, 빛이 났고, 부치였다. 스톤 부치도 소프트 부치도 아니고 그저 그 자신인, 금발이고 교수답고 스포티하고 바람을 머금은 그런 부치.

크리스티나도 강의를 시작하고 처음 몇 분은 얼굴이 빨 갛게 상기되는 편이었는데, 그래서 덜 멋있어 보이지는 않았다. 오히려 학생들에게는 그가 속이 아주 뜨거운 사람이고 가야트리 스피박이나 컴비강 공동체에 대한 그의 열정에 주체 되지 않는 면이 있는 것으로 보였다. 그리고 실제 그랬다. 강의실에서 내 얼굴이 붉어질 때(수시로 붉어진다) 딱히 수치심을 느끼지 않게 된 것도 크리스티나의 홍당무 얼굴 덕이다.

크리스티나와 난 결국 친구가 됐다. 몇 년 전에 크리스티나는 나보다 뒤에 자기 페미니즘 이론 강의를 들은 학생들이 일종의 쿠데타를 시도했던 이야기를 들려줬다. 수강생들은—긴 페미니즘 전통에 따라—강사와 한 테이블에 빙 둘러앉아 수업하는 방식이 아닌 대안적인 수업법을 요구했다. 이들은 크리스티나가 가르치는 수업의 포스트구조주의적 관습을 갑갑해했다. 정체성 해체에 지쳤고 푸코적 우주에서 쥐어짤 수 있는 저항은 불가피한 덫을 우리에게 유리하게 이용하는 길밖에 없다는 말에 지쳤다고 했다. 그리해 학생들은 파업을 선언했고 사적 공간에서 수업을 열어 크리스티나를 손님으로 초대했다. 그리고 입장하는 모두에게 색인 카드를 건네며 '어떻게 정체화하는지'를 카드에 적어 옷깃에 꽂으라고 일렀다고 했다.

크리스티나는 곤욕스러웠다. 버틀러와 마찬가지로 정체성을 복잡화하고 탈구축하고 다른 이들도 그리하도록 가르치며 평생을 보내 온 그가 이제 지옥의 한 고리에라도 들어온 양, 학생들이 내민 색인 카드와 유성 펜을 받아들고 좁은 지면에 묘비명 새기듯 웅대한 서사시를 적어 내야 하는 상황에 처한 것이었다. 그는 패배감을 느끼며 카드에 '베이브의 애인'이라고 썼다. (베이브는 크리스티나의 장난기 많은 흰 래브라도 반려견이었다.)

크리스티나의 이야기를 듣는 동안 온몸이 오그라드는 기분이었다. 그 학생들 몫의 부끄러움을 대신 느끼기도 했고, 나 때도 함께 강의를 듣던 다른 수강생들이 크리스티나가 좀 더 공공연하고 정돈된 방식으로 커밍 아웃하지 않는 걸 답답해했던 게 떠올라 낯이 뜨거웠다. (솔직히 난 그렇게까지 갑갑하진 않았다. 자발적인 표현과 발화보다는 타협이나 왜곡과 더 관련 있어 보이는 용어나 공론장을 상대하길 혹은 그에 관여하길 거절하는 이들에게 항상 공감하는 쪽이니까. 하지만 다른 학생들이 왜 답답해하는지 수긍이 갔고 그 입장에도 공감했다.) 사생활에 관한 한 말을 아끼는 크리스티나의 이런 과묵함에 학생들이 불만을 품었다고 해서 그에 대한 그들의 욕망도 사그라든 건 아니었다. "가죽 바지 입은 크리스티나 크로스비가 날 젖게 해." 이런 정서를 학교 교정 이곳저곳의 시멘트 보도에 남겨진 낙서에서 시시로 확인할 수 있었다. 과묵함이 오히려 불길에 부채질을 했는지도 모른다. (크리스티나는 낙서에 대해서는 자기도 알고 있었고 굉장히 흐뭇했다고 나

중에 내게 인정했다.)

하지만 시대가 바뀌며 크리스티나도 달라졌다. 자기보다 젊고 자기보다 적극적으로 퀴어 쟁점에 목소리를 내고 또한 퀴어라고 공공연히 말하는 활동가 학자를 사귀기 시작했다. 학계에 있는 대다수 페미니스트처럼 크리스티나는 이제 여성학이 아니라 '젠더와 섹슈얼리티학'을 가르친다. 내 입장에서 무엇보다 감동적인 변화는 크리스티나가 이제 자서전을 쓰고 있다는 사실이지 싶다. 내 멘토이던 시절에는 그가 꿈도 안 꿨을 일이다.

그 당시 크리스티나는 내 태도가 진지해 보이는 만큼 논문 지도를 맡을 의향이 있다고 말하면서도, 사적인 걸 공공에 드러내는 데 내가 보인 관심엔 친연성은커녕 도리어 께름칙함을 느낌을 분명히 했다. 그 말을 들으며 나는 부끄러운 가운데 꿋꿋했다. ('부끄러운 가운데 꿋꿋함'이야말로 내 묘비명으로 적절하지 않을까?) 크리스티나의 지도 아래 내가 쓴 논문의 제목은 '친밀함의 수행'이었다. '진짜'의 대립항으로서 수행을 뜻한 건 아니었다. 나는 속임수에는 관심을 가진 적이 없다. 물론 친밀함을 사기 치듯 혹은 자기 도취적인 태도로 실연해 보이는 사람도 존재하지만, 내가 그 당시도 지금도 의미하는 건 그런 종류의 수행이 아니다. 우리가 다른 이를 _위해_ 혹은 다른 이 _덕에_ 존재하는 여러 방식을, 그것도 일회성으로나 특정한 경우에 한해서가 아니라 처음부터 그리고 노상 그리하는 방식을 조명하는 글을 의미하지.

버틀러

내가 내 글을 페르소나와 수행성이라는 단어로 설명한다 해서 내 글에서 나를 찾아볼 수 없다거나 내 글이 어떻게 든 나와 다르다는 뜻은 아니다. 난 아일린 마일스와 한마음이다: "당연히 내 얘기고말고—이게 내 비밀 중의 비밀이다." 그런데 요즘 들어 난 새로운 아이러니에 당면했다. 여태 사적인 걸 공공연히 드러내는 실험을 해 온 내가 그러한 활동이 가장 만연한 장인 소셜 미디어로부터 하루가 멀다고 점점 괴리되고 있다. 여과 없이 내보내는 즉각적인 디지털 자기 현시보다 큰 악몽이 내게는 없다. 페이스북이라는 무대에 세웠을 때 뒤따를 유혹과 압박을 견디기엔 내 기질이 너무 약하다고 거의 확신하는 편이고, 그리도 많은 사람이—어쩌면 날 제외한 모두? 느낌상 그런 것만 같을 때가 있다—어쩜 그리도 가뿐히 버텨 내는지 혀를 내두르게 된다.

버티기만 하나. 기꺼이 누리고 용감하게 한계를 시험하기도 한다. 마땅히 그래야지. 『불교도』에서 도디 벨러미는 시인 재키 왕의 블로그를 칭찬한다. 재키 왕은 수면 유도제 앰비엔을 복용하고 풀어지는 생각을 블로그에 적었다. "오전 여섯 시. 안녕. 수면제를 먹었더니 급속도로 다 희미해지고 말이 앞뒤가 안 맞네요. 그래도 앰비엔의 좋은 점은 글을 쓰고 쓰고 쓸 수 있다는 거, 아무래도 좋아싶으니그런 점에서 말함는 먼저 긴장 풀이야하는 그 긴장풀에 좋아요… 에 응 주요한 얘기 쑷는데 하나 봇 알겠고 자꾸 황각이." 머리로는 나도 도디와 함께 재키를 응원한다. 하지만 마음 깊은 곳에서는 감사 기도를 올린다. 무선 인터넷이 내 삶에 들어오기 전에 술을 끊은 건 은총이었다고.

이건 잘 정리된 생각은 아니지만(재키 왕에게 경의를 표한답시고?) 내 좀 더 '사적인' 글들을 떠올리면 옛날 게임이지만 아타리의 「브레이크아웃」 화면이 자꾸 눈앞에 어른댄다. 꾸밈없는 납작한 커서가 화면 하단을 좌우로 움직여 가며 검은색 점을 화면 위에 두툼하게 깔린 무지개색 둑방으로 되돌리는 게임이다. 점이 둑에 가닿을 때마다 무지개색 한 덩이가 갉아먹히고, 둑이 어느 정도 다 파먹히면 다음 단계로 '탈출'할 수 있다. 탈출할 때의 전율은 어마어마하다. 삼각 측량을 해대며 애쓰고 단조로움을 견딘 시간과 시시로 가로막는 장애물과 도형과 효과음의 누적된 영향을 일시에 상쇄하는 만큼. 내겐 조금씩 쪼아 먹을 알록달록한 벽돌담이 필요하다. 그 파먹는 과정이 형식을 만들기에. 또 가다가다 탈출도 필요하다. 경조증을 보이는 내 점이 하늘을 타는 때가.

크리스티나의 페미니즘 이론 수업에서 우리는 이리가레의 유명한 에세이 「우리 두 입술이 스스로를 말할 때」 Quand nos lévres se parlent*도 읽었는데, 이 글에서 이리가레는 음순-입술의 형태에 집중하며 단일적 사고와 이분법

---

* 뤼스 이리가레, 『하나이지 않은 성』(이은민 옮김, 동문선, 2000)에는 「우리의 입술이 저절로 말할 때」라는 제목으로 수록돼 있다.

적 사고를 모두 비판한다. 음순-입술은 "하나가 아닌 성"
이다. 하나가 아니지만 또한 둘도 아니다. 이 입술은 언제
나 자기와 맞닿아 자기를 만지는, 자기 성감적인 원을 이
룬다. 만돌라의 타원을.

이상하고도 흥분되는 이 이미지가 날 단숨에 사로잡았다.
조금은 낯뜨겁기도 한 이미지였다. 많은 여자가 버스나
의자에 앉아 두 다리를 오므리는 것만으로 오르가슴을
느낄 수 있음을 떠올리게 했다. (하우스턴가에 있는 필름
포럼에서 파스빈더의 「페트라 폰 칸트의 쓰디쓴 눈물」을
보려 줄을 서 기다리던 중에도 그렇게 오르가슴을 느낀 적
이 있다). 수업에서 이리가레를 토론하는 동안에도 나는
내 음순의 둥근 원을 느껴 보려 했다. 수업을 듣는 다른 모
든 여자가 그리하는 걸 상상했다. 그런데 음순은 사실 느
껴지지 않는단 말이지.

복수성이나 다중성 개념에 취해 모든 걸 그런 차원에서
칭찬하기야 쉽다. 세지윅은 그런 엉성한 찬사를 참지 못
했다. 대신 그는 하나보다 많고 둘보다 많지만 무한보다
는 적은 것에 대해 말하고 쓰는 데 많은 시간을 할애했다.

이 유한성은 중요하다. 이 유한성이 세지윅의 작업에 담
긴 방대한 만트라이자 광대한 초대를 가능케 한다: "복수
화하고 구체적으로 언급하라." (바르트: "우리는 복수화
하고 정련해야 한다, 계속해서.") 이는 주의 기울임, 심지

어 끈질김을 요하는 활동이고, 그런 꼿꼿함이 절로 열성으로 기운다.

이기를 임신하기 몇 개월 전, 우리는 친구 A. K. 번스와 A. L. 스타이너가 만든 아트 포르노 영화를 보러 갔다. 너는 외로워했고 소속감과 정체감을 갈망하고 있었다. 너를 주축으로 긴밀히 짜여 있던 샌프란시스코의 조각보식 퀴어 판과 달리 LA의 퀴어 판은, LA의 모든 게 그렇긴 하지만, 교통 체증과 고속 도로로 구획이 나뉘어 숨 막히게 당파적이고 어리둥절할 정도로 분산된 느낌을 동시에 준다. 쉽사리 헤아려지지도, 보이지도 않는다.

그날 본 「커뮤니티 액션 센터」는 꽤 좋은 영화다. 너는 이 영화의 광란한 다종성과 생뚱맞은 성격을 마음에 들어 했는데, 그럼에도 영화가 좆을 추방하다시피 한 건 납득하지 못했다. 너는 여자라는 범주가 좆도 포함할 정도로 수용력을 가져야 한다고 생각하니까. "디트로이트 시내를 집어삼킨 끈적이 괴생명체(블롭)처럼." 난 너와 동의하고는 그런데 남근이 방에 도로 들어오겠다고 자꾸 어깨싸움을 하면 비남근 자리는 어떻게 확보해야 하는 건지 궁금하다고 했다. 애초 그런 용어를 상호 배타적인 것처럼 설정하는 게 누구 세곈데? 너는 당연히도 격양하며 되물었다. 형태적 상상은 진짜가 아니라고 정의하는 건 누구 세계고?

네 소묘 중에서 내가 특히 좋아하는 그림에는 서로 대화를 나누는 막대 아이스크림 두 개가 등장한다. "넌 현실보다 환상에 관심이 더 많더라." 한쪽이 다른 쪽을 몰아세우듯 말한다. 그러자 다른 쪽 왈, "난 내 환상의 현실에 관심이 있거든". 양쪽 다 서서히 녹아 가는 와중이다.

영화가 끝나고 화면에 헌사가 떴다. "퀴어 중의 퀴어들에게." 관객은 박수를 쳤고, 나도 그랬다. 하지만 마지막에 본 헌사가, 근사한 노래가 끝나고 음반 위로 갈지 자를 그리는 바늘처럼 속을 긁었다. 수평성은 어디 갔담? 차이가 퍼져 나간다는 어디 가고? 나는 영화에서 가장 좋았던 면에 집중하려 애썼다. 사람들이 섹스 도중에 폭력적으로 비치지 않는 방식으로 서로를 때린 게 좋았고 한 인물이 물가에서 보라색 석영石英을 손에 쥐고 자위하는 장면, 여자의 엉덩이에 깃털을 느리게 바느질해 다는 장면도 좋았다. 이제 와 기억나는 것도 그 장면들뿐이고. 엉덩이에 깃털이 꿰매지던 여자가 아주 독특한 미모를 지녔다는 것, 그의 섹슈얼리티가 이름 붙일 수 없는 감동적인 방식으로 내 섹슈얼리티를 떠올리게 했다는 점과 더불어. 이러한 부분들이 내게 작은 돌파구를 열어 주었다: 우리는 미셸 푸코 자유로울 권리를 지니고 또 지닐 수 있다고 난 생각한다.

이런 순간들을 나는 수집한다. 그 순간들에 열쇠가 있음을 안다. 그 열쇠가 잠금 장치에 끼워진 채 하나의 조짐으로 머물러야 해도 상관없다. 열쇠는 창문에 있어, 창문에 비치는 햇살에. (…) 열쇠는 창살에, 창을 비추는 햇살에 있어.

영화관 로비에서 친구 하나가 이 영화의 부제가 '부치 뒤집기'여야 했다고 (아마도 모욕하려는 뜻으로) 말하며 영화에 나오는 섹스가 너무 역겨웠다고 불평한다. 아니 우리가 뭐 하러 털투성이 보지를 그렇게까지 많이 봐야 하는데. 나는 식수대를 찾아 자리를 뜬다.

캐서린 오피의 작품 중 상당수가 그렇듯, 등에 새긴 막대 인간을 사진에 담은 「자화상/커팅」(1993)도 연작의 일부임을 고려할 때, 그러니까 맥락을 헤아려 볼 때 추가적인 의미를 얻는다. 이 작품에 나오는 투박한 그림은 오피가 그로부터 1년 후 공들인 글씨체로 가슴에 가로질러 새긴 변태라는 단어와 대화하고 있다. 그리고 두 작품은 다시 제각각인 레즈비언 가정을 담은 「집안」Domestic 연작(1995~1998)—여기에 앳된 얼굴의 해리가 등장하기도 한다—그리고 「자화상/변태」Self-Portrait/Pervert로부터 10년 후에 촬영한 「자화상/수유」Self-Portrait/Nursing (2004)와 대화하고 있다. 수유 자화상에서 오피는 젖을 먹는 아들 올리버를 팔에 품은 동시에 눈으로 보듬고 있고, 가슴에는 변태 흉터가 귀신으로 변해 남아 있다. 귀신처럼 희미해진 흉터는 이제 '뒤로 하는 모성'sodomitical maternity을 담은 리버스 퍼즐*이 되었다: 변태는 죽을 필요도, 심지어 딱히 숨을 필요도 없고, 그렇다고 어른의 섹슈얼리티가 아이에게 떠안겨져 짐이 되지도 않는다.

이는 감탄할 만한 균형이다. 그만큼 장기간 유지하고 관리하기 까다로운 균형이기도 하고. 한 인터뷰에서 오피는 이런 말을 했다. "풀타임 교수이자 예술가이자 엄마이자 누군가의 생활 동반자로 살면서 밖에 나가〔SM 스타일로〕답사하고 놀이할 짬을 내기가 쉽진 않으니까요.〔…〕게다가 아이를 돌보다 말고 '그럼 이제 이 사람 좀 아프게 해 줘 볼까' 모드로 순식간에 전환하기도 어렵고요."

이 말에는 심오한 지점이 있는데, 그에 대해 여러분이 곱씹어 볼 수 있도록 난 동그라미 표시만 해 두겠다. 다만 곰곰 생각하는 사이, 기어 변속이 쉽지 않은 점이나 뭐든 할 짬을 내려 애써야 하는 점이 존재론적 양자 택일과는 다르다는 건 감안해 주길.

물론 성인들이 저희 몸을 사적으로 간수할 이유야 차고 넘친다. 어른 몸이 아이 눈에 흉측하게 비칠 수도 있다는 단순한 미적 사실도 좋은 이유고. 에르베 기베르가 자기 아버지의 좆을 묘사하는 대목을 예로 들어 보자:

* rebus puzzle. 글자와 그림을 조합해 단어나 구절을 나타내는 단어 퍼즐.

아버지가 바지 지퍼를 여는 사이 난 바지 앞섶을 바라보고 있었는데 그러다가 그날 이후로 평생 다시 못 볼 걸 본다: 코뚜레가 둘린 요동치는 짐승, 와인 따개같이 나선 무늬가 둘리고 끝에는 혹이 달리고 속은 피로 가득 찬 분홍빛 날소시지. 그 순간 아버지의 음경 피부가 홀러덩 벗겨졌거나 내게 살코기를 그대로 꿰뚫어 볼 투시력이 생긴 듯하다. 해부적으로 분리된 별도의 물건으로 내 눈앞에 드러난다. 그리고 그 위로 아버지가 도살장에서 굳이 챙겨와 밤마다 머리맡에 두고 자는 작은 곤봉이 겹쳐지는 것만 같다.

이 장면은 침해나 강간 자체를 예보하지 않지만, 이와 비슷한 문학적 장면들(비프랑스 문학의 경우?)은 대개 그러기 마련이다. 마야 앤절루의 『새장에 갇힌 새가 왜 노래하는지 나는 아네』만 해도 그렇다. 어린 시절 난 이 소설에 성폭행의 원 장면으로 등장하는 대목을 100번은 읽었을 거다. 소설 속 화자인 여덟 살 마야는 삼촌의 행동을 이렇게 보고하고 있다: "프리먼 아저씨가 날 끌어당기고 내 다리 사이에 손을 넣었다. [⋯] 아저씨가 이불을 젖히자 아저씨의 '그게' 갈색 옥수수 이삭처럼 일어섰다. 아저씨가 내 손을 잡으며 '만져 봐'라고 했다. 물컹하고 꼼지락거리는 게 막 죽은 닭의 몸속 같았다. 그다음에 아저씨가 날 자기 가슴으로 끌어올렸다." 이건 프리먼 아저씨가 마야를 상대로 반복해 저지르는 성폭행의 첫머리에 불과하다.

솔직히 밝히면 이 뒤로도 폭행이 계속됐다는 사실을 방

금 책의 내용을 다시 찾아보고야 기억했다. 이 한 장면이 어린 시절의 나를 때려눕혔던 거다. 좆옥수수에 악연했던 나머지.

어린 여자 아이가 호기심에 동해 섹스에 대한 부스러기라도 찾아 나섰다가 유일하게 맞닥뜨리는 게 아동 강간과 그 외 여러 폭행과 폭력의 묘사밖에 없을 때(사춘기 직전에 내가 가장 좋아했던 책들이 다 이 경우에 해당한다—『새장에 갇힌 새가 왜 노래하는지 나는 아네』, 『에이라의 전설』, 『가아프가 본 세상』 외에 당시 내가 볼 수 있었던 몇 안 되는 R 등급 영화—그중에서도 특히, 추잡한 사진가가 아이린 캐라에게 스타로 만들어 주겠다면서 셔츠를 벗고 엄지 손가락을 빨아 보라고 시키는 잊지 못할 장면이 등장하는 「페임」), 아이의 섹슈얼리티는 이를 중심으로 형성되기 마련이다. 이 실험을 거치지 않은 비교 집단이 전무하다. '여성 섹슈얼리티'에 대해서라면 난 이 실험을 겪지 않을 수 있었던 통제 집단이 생기기 전에는 말도 꺼내기 싫다. 물론 이러한 집단이 생길 리 만무하다.

고등 학교 때 선견이 있던 선생님 한 분이 독서 과제로 앨리스 먼로의 단편 소설 「야생 백조들」을 읽어 오게 한 적이 있다. 그 소설이 좆옥수수로 곯은 내 마음을 말끔히 휩쓸어 줬다. 몇 쪽 안 되는 지면에 먼로는 빠짐없이 다 펼쳐 보인다: 사춘기 호기심과 막 싹트기 시작한 성욕이 징그럽고 흉악한 폭행자들로부터 스스로를 보호할 필요와 얼마나 자주 씨름해야 하는지, 어떻게 쾌락이 끔찍한 굴욕과─그 굴욕을 정당화하거나 일종의 소망 충족으로 만들지 않으면서─공존할 수 있는지, 공범이자 피해자 양자가 될 때의 느낌이 어떤지, 이런 양가성이 어떻게 어른의 성애 생활 가운데 맥을 유지할 수 있는지를. 먼로는 「야생 백조들」의 주인공이 기차에서 모르는 남성(역시나 순회 중인 가톨릭 신부)에 의해 본인의 동의도 항의도 없이 수음받도록 함으로써, 그러는 동시에 여자 주인공은 남자의 몸에 무엇이건 하게끔 강제당하지 않도록 함으로써 한층 참을 만하고 흥미로운 소설을 완성했다. 먼로는 우리에게 성기 묘사 대신 풍경을 선사한다─전속력으로 달려 나가는 열차 밖의 전망을, 주인공이 오르가슴 가운데 바라보는 풍경을.

이기가 5개월 됐을 때 우리는 이기를 데리고 내 절친 한 명이 나오는 공중 그네 벌레스크 공연을 보러 갔다. 오스트레일리아에서 온 아주 쾌활한 바운서가 이 공연은 18세 이상만 관람 가능하다며 입구에서 우리를 가로막았다. 난 내 몸에 단단히 붙들려 매인 채 잠들어 있는 5개월 된 내 아기가 내 친구의 문란한 입과 벗은 몸에 노출되는 게 걱정되지도 거북하지도 않다고 그에게 말했다. 바운서는 그보다도 다른 관람객들이 집에 두고 온 자기 아이를 떠올리는 판에 어른끼리 밤놀이 나온 기분이 깨질까봐 걱정이라고 설명했다. 흥을 깨 카바레 분위기에 지장을 줄 수 있다는 거였다.

어른들만의 밤놀이와 카바레 분위기라면 나도 좋다. 이건 장소 불문 유아를 동반할 권리를 주장하려 드는 글이 아니다. 아무래도 내 심기가 상한 건 이 결정을 우리를 초대한 내 친구가 내렸으면 하고 바랐기 때문이었던 것 같다. 그 결정을 바운서가 내리는 걸 듣고 있자니 (내 불안 강박 탓이었을까? 그이는 자기 일을 하고 있었을 따름이니) 수전 프레이먼이 "'재생산적 여성성에 오염되지 않은' 퀴어성의 대표로 작용하는 영웅적인 게이 남성 섹슈얼리티"라 묘사한 것의 유령이 느껴지는 듯했다.

프레이먼은 이 대표에 대항하고자 뒤로 하는 모성이라는 개념을 내세운다. 특히 그는 '어머니의 항문을 찾아'라고 제목 붙인, 프로이트의 악명 높은 늑대 인간 사례를 탐색하는 대목에서 이에 대해 상술하고 있다.* 정신 분석을 받으러 온 성인 남자(후대에 '늑대 인간'으로 알려진)가 프로이트에게 어린 소년 시절에, 어쩌면 갓난아이 때 양친이 "아 테르고" 즉 후배위로 하는 걸 여러 번 목격한 경험을 이야기한다. "남자는 꼿꼿이 서고 여자는 동물처럼 몸을 숙인 채로." (이 기억이 프로이트가 늑대 인간으로부터 끄집어낸 것이었음을 굳이 말해야 할까? 이 장면은 늑대 인간이 처음 호소한 불평이 아니었다.) 프로이트는 늑대 인간이 "어머니의 성기는 물론 아버지의 기관을 볼 수 있었고,

* Susan Fraiman, *Cool Men and the Second Sex*, Columbia University Press, 2003의 마지막 장인 6장 「퀴어 이론과 제2의 성」중.

그 과정은 물론 그것이 의미하는 바도 이해했다"고 말한다. 또한 늑대 인간이 "처음에는 〔…〕 자기가 목격하고 있는 게 폭행이라고 봤으나, 어머니의 얼굴에 나타난 쾌락의 표정이 이 추정과 맞지 않았으므로 그것이 만족스러운 경험임을 수긍할 수밖에 없었다"고 보고한다.

그러나 프로이트가 이 장면을 분석하기에 이르면 어머니의 성기는 자취를 감춘다. 어머니는 "올라타는 걸 허용하는 거세된 늑대"가 되고 아버지는 "올라타는 늑대"가 된다. 딱히 놀라울 건 없다. 위니콧이 (들뢰즈와 다른 이들을 비롯해) 지적한 바 있듯 프로이트의 이력은 뉘앙스를 고의적으로 몰살해 가며 이론적 개념에 연이어 도취하는 행태로 점철된 듯 보이기도 하니까. (때로는 현실마저 지운다: 프로이트는 이후에 이 소년이 양치기 개들이 교미하는 모습을 보고 그 이미지를 제 부모에게 덧씌웠을 수도 있다고 시사하고, 그리해 독자에게 "나와 함께 그 장면의 현실성을 잠정적으로 믿어 보자"고 요청한다. 그가 이리도 선선히 고백하는 잠정성으로의 방향 선회는 프로이트 읽기의 즐거움이기도 하다. 문제는 그가—또는 우리가—지금 임시변통 놀이에 푹 빠져 있음을 상기하는 대신 장악하려는 유혹에 굴할 때 나타난다.) 어쨌거나 늑대 인간에 대해 한창 집필하던 시기 프로이트의 단골 메뉴는 거세 콤플렉스였다. 그리고 이 콤플렉스는 여자가 가진 게 '무'일 것을 요한다. 그에 반하는 증언이 면전에서 펼쳐지고 있다 해도.

프로이트는 늑대 인간이 어머니의 얼굴에서 엿본 쾌락을 지우지는 않지만, 몰라볼 정도로 비튼다. 거세된 어머니가 이런 식으로 성교당하는 걸 보고 또한 어머니가 그걸 즐기는 걸 봄으로써 늑대 인간 안에 평안을 깨는 원초적인 공포가 자라났을 거라 제안한다. 그리고 이 공포가 "자기 자신의 남성 기관에 대한 초조함이라는 꼴을 띠고 만족감—그 기관의 단념을 동반해야 달성 가능해 보이는 만족감—과 싸우고 있었다"고도. 프로이트는 이 정신적 실마디를 다음과 같이 요약한다: "〔늑대 인간이〕 스스로에게 어떤 말을 했을지 우리가 여기서 그려 볼 수 있다면, '아버지에게 성적으로 충족되길 원한다면 나도 어머니처럼 거세되는 데 동의해야 하는데—그건 용납할 수 없지'라고 생각했을지 모른다."

그건 용납할 수 없지. 프로이트에게 "그것"은 거세를 의미한다. 그리고 목전에 둔 쾌락이 무엇이건 치르기엔 너무 큰 대가고. 그러나 프로이트 이후에 글을 쓴 일부 퀴어 이론가는 이 대목에 나오는 "그것"의 의미를 전혀 다르게 본다. 이들에게 프로이트의 "그것"은 아버지에게 성적으로 충족되길 원하는 욕망이다. 그렇다면 페니스는 단념되는 게 아니라 증식한다. 이러한 읽기는 양친의 '아 테르고' 접촉에 대한 늑대 인간의 기억을 게이 남성 간 섹스를 함의하는, 즉 간접적인 암시를 담은 원초적인 환상, 최초의 동성 섹슈얼리티 장면으로 여긴다. 그렇다면 늑대 인간이 이후 아버지에게 느끼는 두려움은 거세에 대한 공

리 에덜먼

포가 아니라 "용납하지 않는" 세상에서 동성애적 욕망을 느끼는 것에 대한 공포일 테다.

이러한 해석은 매력도 가치도 있다. 하지만 그에 이르기 위해 여자의 성기가 고의적으로 삭제되고 여자의 쾌락이 거세 위험을 경고하는 이야기로 왜곡되어야 한다면 이건 문제다. (경험 법칙: 어딘가 가닿기 위해 무언가가 고의적으로 삭제되어야 한다면 십중팔구 문제가 있다고 봐도 좋다.) 그렇기에 프레이먼이 이 장면에서 어머니의 쾌락을 복구시키고 "비규범적이고 비재생산적인 섹슈얼리티, 충직하고 도구적인 것을 넘어서는 섹슈얼리티에 어머니일지라도 접근"할 권리를 전경으로 옮겨 오려 하는 것이다. 이러한 접근권과 초과성을 지닌 이가 뒤로 하는 어머니다.

내 도착과 속궁합이 잘 맞는 걸 넘어 완벽히 들어맞는 도착을 가진 사람을 찾기까지 왜 이리도 오래 걸렸을까? 그때도 너는 지금과 같이 다리로 내 다리를 벌리고 자지를 내 안에 미끄러뜨리고 손가락으로 내 입을 채운다. 날 이용하는 척, 스스로의 쾌락에만 관심 있는 척 연기하면서 내가 즐기고 있는지 매 순간 확인한다. 우리 둘의 욕망은 완벽한 한 쌍을 이루는 수준을 넘어선다고 봐야 맞다. 완벽한 한 쌍을 이뤘다는 건 일종의 정체를, 고여 있음을 암시하니까. 그런데 우리 둘은 수시로 움직이고 수시로 모양을 바꾼다. 뭘 해도 야하게 느껴지지만 찜찜하거나 불쾌한 적은 없다. 말도 우리가 나누는 쾌락의 일부다. 연애 초기에, 여행 간 친구가 내준 윌리엄스버그의 휑뎅그렁한 4층 스튜디오 화실에서, 한밤중에, 홀홀 벗은 몸으로 너와 나란히 서 있던 순간을 기억한다. 밖에는 역시나 공사 인력이 이번에는 길 건너편에 호화로운 고층 건물을 짓고 있는 듯했고, 공사장 조명 탑의 주홍 광선과 그림자가 스튜디오에 범람할 동안 네가 내게, 뭘 어떻게 해 주기 원하는지 소리 내어 말해 보라던 순간을. 난 입 밖에 낼 문장을 불러와 보려고 온몸으로 노력했다. 네가 좋은 동물임을 알고 있었지만, 그럼에도 거대한 산을 맞닥뜨린 기분이었다. 평생 내가 원하는 바를 주장하고 밝히고 요구하기를 꺼려 온 이력이 빚은 산이었을까. 그런데 이제 네가, 거기 그렇게, 얼굴을 가까이 대고 기다리고 있었던 거다. 그리해 그날 내가 가까스로 찾아낸 말들도 아르고호에 해당할지 모르겠는데, 단 이제는 안다. 그 무엇도 내 입으로 그 단어들을 말하는 걸 대신할 수 없음을.

뒤로 하는 모성을 전면에 드러낸 A. L. 스타이너의 2012년 설치 작품 「강아지와 아기」Puppies and Babies는 스타이너의 친구들이 개와 강아지 또는 아기와 함께 나눈 갖가지 공적이거나 사적인 내밀한 순간들을 작가 본인의 사진첩에서 골라 모은 것이다. 두서없고 색깔도 제각기인 행복한 순간들로 이루어진 이 작품을 스타이너는 농담 삼아 시작했다고 한다. "난 개/강아지 사진, 아기 사진도 종종 찍는데 뭐 하러? 그런 사진도 내 '작업'의 일부라고 볼 수 있나? 내 사진 작업을 평가하는 고급 수식어들―설치 기반, 성숙한 관객을 위한, 정치적인 등등―에 이 사진들을 어떻게 끼워 맞출 수 있을까?"라는 농담처럼 던진 질문에서 나온 것이었다.

이는 흥미로운 질문들이다. 하지만 난 이 작품을 보고 이런 질문들을 떠올리지는 않았다. '귀여운' 강아지와 아기와 그들을 돌보는 무수한 보호자 및 반려자를 가볍게 포착한 스냅숏 사진이 예술의 소위 '교양 있는' 장르와 길항 관계에 있다고 보는 따분한 이분법을 그사이 주류에서 보내온 구린 편지로 여기게 되었기 때문이라 생각하고 싶다. 종종 피할 방도가 없긴 해도 결코 코를 가까이 대지 않는 게 상책인. (일례로 『뉴욕 타임스 북 리뷰』의 2012년 어머니날 특집 1면 기사는 이렇게 운을 뗐다: "'모성'이라는 주제만큼 형편없는 글솜씨를 선보일 기회를 주는 글감이 또 있을까. 〔…〕 하기야 아이들을 소재로 좋은 글이 나오기가 쉬운 일은 아니다. 왜? 흥미로운 데라곤 없는 존재니까. 정작 흥미로운 건 육아의 95퍼센트가 뇌가 마비될 정도의 따분함으로 이루어짐에도 어째서 우리가 계속해서 아이를 낳느냐는 문제다." 지구상의 거의 모든 사회가 아이를 갖는 것이 의미 있는 삶에 진입할 방도―어쩌면 유일한 방도―인 양(그 외에 모든 건 다만 아차상에 불과하고) 영업한다는 점을 감안하면, 그리고 지구상의 대다수 사회가 또한 재생산하지 않기로 선택하는 여자들을 벌할 온갖 미세하거나 소름 끼치는 방법을 고안해 냈음을 감안할 때, 어떻게 후자의 질문이 진정 흥미로운 질문이라 할 수 있지?)

「강아지와 아기」는 이런 멸시와 조롱을 해소해 줄 효과적인 해독제다. 뒤로 하는 양육자성, 누구든 뭐든 다 돌보는 포용성, 이종 간의 사랑이 이루는 환희의 소용돌이. 여러 사진 중 하나에는 홀러덩 벗은 여자가 두 마리 개와 나란히 몸을 포개고 누워 있다. 화가 셀레스트 듀푸이-스펜서가 호수 가장자리에 개와 쪼그리고 앉은 사진도 있다. 긴 여로 앞에서 사색에 잠긴 듯한 모습으로. 아기들이 태어나고, 울고, 장난치고, 작은 트랙터를 타고, 젖꼭지를 꼬집고, 안겨 있다. 종종 젖을 먹는다. 한 아기는 용케도 물구나무선 엄마의 젖을 먹고 있다. 또 한 아기는 해변에서 젖을 먹는다. 요가 선생인 알렉스 오데어가 임신한 몸에 가죽 도미내트릭스 의상을 걸치고 고무 거북이를 출산하는 척 연기한다. 개 하나가 박제한 호랑이 위에 올라탄다. 또 다른 개는 주황색 꽃으로 장식돼 있다. 임신한 여자 둘이 여름 원피스를 들어 올려 서로 배를 맞대고 우정 어린 프로타주로 살을 비빈다.

아기를 좋아하는 사람은 아기 사진에, 개를 좋아하는 사람은 개 사진에 끌릴지 모르지만, 양쪽이 결국 비슷한 면적을 차지하고 있어 이종 간 사랑이 인간 간의 사랑과 동등한 지위를 차지하고 있음이 명확히 드러난다. (강아지와 아기가 같이 나오는 사진도 물론 있어서, 이 경우 양자택일이 필요 없다.) 그리고 배태한 몸이 많이 등장하기는 하지만, 이 경배의 살 잔치가 놀이에 끼고 싶은 사람 누구에게나 열려 있음도 분명하다. 실제로 젠더퀴어 친족 만들기—그리고 동물 사랑하기—가 선사하는 선물 중 하나는 돌봄이 특정 젠더나 특정 지각-존재로부터 분리가 가능하고 또한 부착도 가능함을 드러내 보여 준다는 것이다.

이 희열에 찬 자축 장면들을 보며 나는 프레이먼의 뒤로 하는 모성 개념을 재검토할 필요가 있겠다고 생각한다. 페미니스트 입장에서는 배태와 분만의 성애적 측면을 작게 포장해 다른 차원의 성애를 확보하는 게 정치적으로 긴요했는데(즉 '난 오르가슴을 느끼려 섹스하지, 임신하려 섹스하지 않는다'), 「강아지와 아기」는 이런 식의 구획 나누기를 아예 삼간다. 그 대신 배태한 여러 몸과 배태하지 않은 여러 몸에서 발견되는 소란하게 얽혀 들끓는 도착-선호들과, 이 몸들이 매일같이 젖을 먹이며, 개와 함께 폭포에서 알몸으로 수영하며, 구겨진 침대보 위에서 폴짝거리며 행하는 돌봄과 목도—스타이너의 카메라를 통한 에로틱한 목도를 포함해—의 노동을 보여 준다. (이 글을 읽는 독자가 "사진전에 갔는데 누드가 없으면 허탕 쳤다고 생각"한다는 쾨스텐바움처럼 유쾌하게 밝히는 성향을 가졌다면 이 작품이 취향에 맞을 거다.)

「강아지와 아기」의 피사체 중에 퀴어로 정체화하지 않은 사람도 있을 수 있겠지만 이건 대수가 아니다. 설치됨으로써 퀴어화되니까. 이 말은 그러니까 이 설치 작품이 저만의 친족을 찾고 만든 퀴어들의 유구한 역사에 참여하고 있다는 뜻이고—이때 친족은 동료, 멘토, 연인, 과거의 연인, 아이, 인간 이외의 동물 등등으로 구성될 수 있다—퀴어 친족 만들기를 우산처럼 너르고 포괄적인 상위 범주로, 아이 만들기가 그 우산 아래 들어가지 그 반대가 아닌 범주로 나타내고 있다는 뜻이다. 또 이 작품은 몸의 경험이 종류 불문하고 새롭고 낯설게 만들어질 수 있음을, 이 인생에서 우리가 하는 그 무엇도 뚜껑 덮어 은폐할 필요가 없으며 그 어떤 일련의 관행도 관계도 이른바 래디컬과 이른바 규범성을 독차지하지는 않음을 상기시킨다.

난 동성애 규범성이 동성애 비범죄화에 따른 자연한 결과라고 본다. 무언가가 불법도, 처벌 대상도, 병리화 대상도 아니게 되고 더 이상 노골적인 차별이나 폭력적인 언행의 법적 근거로 동원되지 않는 지점에 이르면, 그 현상은 전복과 서브컬처, 언더그라운드, 프린지를 예전만큼 구현 혹은 표상하지 못한다. 그래서 화가 프랜시스 베이컨 같은 허무주의적 변태들이 동성애에 대한 처벌로 사형이 여전히 유효하면 좋겠다는 말까지 서슴없이 입에 담고, 브루스 벤더슨* 같은 범법 페티시스트들이 동성인 사람에게 수작을 거는 것만으로도 수감될 수 있는 루마니아 같은 나라로 동성애적 모험을 떠나는 거다. 벤더슨 왈: "난 동성애를 여전히 도시 모험 서사로 본다. 성 장벽

---

* Bruce Benderson(1946~). 미국 작가, 번역가. 에세이집 『섹스와 고독』*Sexe et solitude*(티에리 마리냑 옮김)과 루마니아에서 보낸 아홉 달을 바탕으로 쓴 에로틱 회고록 『에로틱 자서전』*Autobiographie érotique*(브루스 벤더슨 옮김) 모두 번역본으로 프랑스에서 먼저 출간되었고, 폴 프레시아도의 『테스토 정키』*Testo Junkie* 등을 영어로 번역했다.

뿐 아니라 계급과 나이의 장벽을 넘고, 그러다 보니 여기 저기서 법도 좀 어기는 모험. 그조차 쾌락을 위해 모두 감수한다. 안 그럴 바엔 그냥 스트레이트로 살고 말지."

이런 서사를 맞닥뜨리며 살아야 하는 판에 퀴어 프라이드 행진 뒤에 남겨진 지구 살해 쓰레기까지 헤쳐야 하거나, 채즈 보노**가 「데이비드 레터맨 쇼」에 나와 자기가 호르몬 투여를 하며 여자 친구한테 부쩍 재수 없게 굴기 시작했고 그래서 여자 친구가 "감정 소화" 운운하며 레즈비언/여자 특유의 잔소리를 자꾸 늘어놓아 못 살겠다고 킬킬대는 소리를 들어야 하는 건 정말 김빠지는 일이다. 난 채즈를 여러 면에서 존경하고, 무엇보다 비난하고 혐오할 준비가 된 관객 앞에서 자기 진실을 말하려는 그의 의지를 높이 산다. 하지만 스트레이트한 남자와 레즈비언에 관한 가장 부정적이고 부정확한 고정 관념들과 (설사 전략적이더라도) 기꺼이 동일시하는 열의는 실망스럽다. ("미션 완수했군요"라고 레터맨은 빈정대며 응수했다.)

^{세지윅} *사람들은 각기 다르다. 불행히도 이 사실은, 대변인이 되는 과정의 역학 아래 십중팔구 파묻힐 위험에 처한다. 다른 사람을 대신해 말하는 게 아니라 내 이야기를 하는 것*

** Chaz Bono(1972~). 작가, 음악가, 배우. 2011년에 『트랜지션: 내가 남자가 된 이야기』*Transition: The Story of How I Became A Man*를 출간해 「데이비드 레터맨 쇼」에 출연했다.

뿐이라고 누군가가 밤낮없이 이야기한들, 공론장에 그가 있는 것만으로 이 다름들은 하나의 형상으로 엉기기 시작하며, 그 위로 세찬 압력이 가해지기 시작한다. 활동가/배우 신시아 닉슨이 본인의 섹슈얼리티를 "선택"으로 경험한다고 말하자 지레 겁부터 먹었던 사람들을 생각해 보라. 하지만 노력한다 해도 / 난 달라질 수가 없거든이 누군 메리 램버트 가에게는 진실하고 감동적인 단결의 노래일 수 있어도, 다른 누군가에게는 더없이 빈약할 수 있다.* 어느 시점에는 천막이 들판에 굽혀야 할지 모른다.

캐서린 오피는 잡지『바이스』와의 인터뷰에서 이렇게 말했다.

> 인터뷰어: 글쎄, 당신이 SM 신에서 엄마의 세계로 이동해 간 게, 그리고 최근에는 행복에 겨운 가정 풍경 위주로 작업한 것도 어떤 면에서는 충격 아닐까요—사람들은 그 둘을 따로 분리해 두고 싶어 하니까요.
> 오피: 분리해 두고 싶어 하죠. 그러니까 저와 같은 사람이 동질화되고 주류 가정을 갖는 게 관습에의 도전이라는 거네요. 하. 그거 참 재밌는 발상인데요.

* 미국의 힙합 듀오 매클모어 앤드 라이언 루이스의 2012년 데뷔 앨범「습격」The Heist에 실린 곡 '다 같은 사랑이야'Same Love(피처링 메리 램버트)의 가사로, 이 곡은 워싱턴주 동성 결혼 합법화 법안에 대한 주민 투표(2012년 11월, 과반 찬성)를 앞두고 많은 인기를 끌었다.

오피에게는 재밌는 발상일지 몰라도 동성애 규범성이 부상하면서 퀴어함을 위협하고 있음에 공포를 느끼는 사람들에겐 그렇지만은 않다. 하지만 오피가 여기서 시사하듯, 지속 가능하지 않은 건 규범/위반이라는 이분법과 누구에게나 하나의 삶을 살 것을 요구하는 강요다.

얼마 전에 선사 시대의 거처를, 그리고 인간들이 집을 짓는 방식이 어떻게 다른 동물, 예컨대 새에 비해 유별한지를 이야기하는 라디오 방송을 들었다. 장식을 좋아하는 건 인간에 각별하지 않고 오히려 새들이 우리를 앞선다고 한다. 인간의 짓기는 그보다는 공간의 구획, 칸 나누기에 있어 유별나다. 요리를 하고 용변을 보고 일을 하는 구역을 굳이 나눈다는 점에서. 인간은 늘 이래 왔다고 한다.

라디오 방송으로 이 간명한 사실을 접하며 문득 인간 종에 소속된 느낌을 받았다.

나도 들은 이야기인데, 리타 메이 브라운이 동료 레즈비언들에게 활동에 합류하려면 아이를 버리라고 말하던 때가 있었다고 한다. 그래도 전반적으로는 가장 래디컬한 페미니스트 그리고/또는 레즈비언 분리파 내부에도 아이들은 늘 존재했다(셰리 모라가, 오드리 로드, 아드리엔 리치, 캐런 핀리, 푸시 라이엇… 명단은 계속 이어질 수 프레이먼 다). 그럼에도 여성성, 재생산, 규범성을 한편에, 남성성, 섹슈얼리티, 퀴어 저항은 다른 편에 놓는 식상한 이분법은 온 갖 형태의 퀴어 양친 되기의 발흥에 자리를 내주고 사라지기는커녕 근래 들어 절정에 이른 듯하고, 종종 동성애 규범성과 이성애 규범성 둘 다에 맞선 절박한 최후의 보루인 양 태도를 취하기도 한다. 퀴어 이론가 리 에덜먼이 『미래 없음: 퀴어 이론과 죽음 욕동』*No Future: Queer Theory and the Death Drive*에서 논쟁적으로 짚어 보였듯 "재생산 미래주의의 절대적 가치를 기정 사실로 간주하는 정치적 합의 바깥에 존재하는 이들, 다시 말해 '아이들을 위해 싸우지' 않는 이들을 지칭하는 이름이 퀴어성이다." 사회 질 ^{에덜먼} 서도 좆까고 우리를 집단적 공포에 몰아넣기 위한 명목으로 내세우는 '어린이'도 좆까. 애니도 좆까고 『레 미제라블』의 고아도 좆까. 인터넷에 접속한 순진 가련한 아이도 좆까고, 대문자로 쓰든 소문자로 쓰든 '법'도 다 좆까—'상징적' 관계의 망이며 그걸 떠받드는 소품으로 전락한 미래도. 또는, 내 퀴어 예술가 친구의 보다 간결한 구호를 빌려 말하자면: 생산하지도 말고 재생산하지도 말라.

에덜먼이 여기서 호명하는 '어린이'가 개념으로서의 어린이며, 내 친구의 구호가 의도하는 게 출산 금지가 아니라 자본주의적 현상 유지를 교란하려는 것임을 물론 알고 있다. 나 역시 '아이들을 보호하고자'라는 말이 온갖 악랄한 의제의 근거로—유치원 교사들이 무기를 소지하게 하자든가 이란에 핵폭탄을 떨어뜨리자든가 사회 안전망을 죄다 들어내자든가 지구상에 그나마 남은 화석 연료를 모조리 불태우자고 주장하기 위해—사용되는 걸 들을 때마다 누군가의 눈에 막대기라도 꽂고 싶은 심정이다. 그렇지만 왜 굳이 이 '어린이'를 조져야 하지? 그 이미지를 동원해 그 뒤에 숨고 집결하려 드는 구체적인 세력들을 조질 수 있는데? 재생산 미래주의를 따를 사도를 더 선발할 필요는 물론 없다. 하지만 '미래 없음'의 펑크한 매력에 빠져 자족하고만 있을 수도 없다. 날로 먹는 부자와 탐욕가 들이 우리 경제와 우리 기후와 우리 행성을 말아먹을 동안, 그리고 내 만찬 식탁에서 떨어지는 부스러기라도 받아먹을 수 있는 걸 너희 시기심 많은 바퀴벌레들은 행운으로 알라고 내내 깍깍대는 동안, 우리에게 남은 일이라곤 등 기대고 앉아 구경하는 것밖에 없다는 듯이 자족할 수는 없다. 조지려면 그치들을 조져야지.

재생산 미래주의에 대해 내가 갖고 있는 문제 의식 때문인지는 몰라도, 난 갓난아이들에게 쓰거나 바친 글을 보면, 그 대상이 태어나지 않은 아이건 갓난아이건 구분 없이 늘 섬뜩하다. 이런 행위가 명백한 사랑에서 비롯한다는 거야 안다. 하지만 수신인이 문식력을 지니지 않았다는 점은—발신인이 상대에게 말을 거는 시점과 아이가 그 내용을 실제로 받아들이기에 충분한 성인으로 성장했을 시점 사이의 시간적 간극은 말할 것도 없고(어느 누구라도 자기 양친과의 관계에서 성인이 된다는 게 가능하기나 하다면)—관계가 설사 획득될 수 있는 것이라 한들 글쓰기를 통해 그리도 간단히 획득될 수는 없다는 곤혹스러운 사실을 강조할 따름이다. 이런 난제, 이런 불발에 작고 어린 인간을 애초 연루시키는 게 난 무섭다. 그럼에도 경우에 따라서는 감명받기도 했음을 부인할 수는 없다. 앙드레 브르통이 『광란의 사랑』L'Amour fou에서 갓난이 딸에게 보낸 편지가 그런 경우다. 브르통의 이성애적 낭만주의는 여느 때처럼 견디기 어렵다. 하지만 그가 딸에게 건네는 다정한 긍정의 말, "한 남자와 한 여자가 깊은 확신에 찬 사랑 속에서 네 존재를 바란 바로 그 순간, [네가] 가능성으로, 그리고 확실성으로 다가왔다"고 명확히 짚어 주는 대목이 좋다.

인공 수정에 인공 수정을 거듭한다. 우리 아이의 존재를 바라며. 차가운 진찰대에 올라가고, 단백석 닮은 내 포궁 경관 입구에 카테터가 삽입되는 따끔함을 견디고, 배양액으로 세척한 해동 정액이 포궁에 고이는 익숙한 뻐근함을 느낀다. 몇 달이 지나도록 헌신과 인내로 내 손을 잡는 너. 달걀 흰자로 *바뀌치기했나 봐*, 눈물을 흘리며 내가 말한다. *쉬이이*. 그때마다 네가 나를 다독이며 속삭인다. *쉬이이*.

시술을 시작한 초기에는 행운 부적을 가방에 담아 가곤 했다. 때로 간호사가 조명을 낮추고 방에서 나가면, 내가 자위를 할 동안 네가 날 옆에서 붙들기도 했다. 낭만보다도 정액 시료를 위로 빨아들이기 위해서였다(위로 더 올라갈 곳이 거의 없음을 알면서도). 하지만 시간이 지나며 난 부적들을 집에 두고 다니기 시작했다. 그리고 마침내는 수업에 교재를 제대로 들고 나타나는 것만으로도 행운이라고 여기기에 이르렀다. 이른 아침의 체온 재기와 도저히 읽을 수 없는 배란 테스트기, 몸에서 분비되는 모든 '회전하는' 배출물을 빠짐없이 살피는 우여곡절, 생리혈이 묻어난 걸 확인할 때의 따가운 절망감으로 머릿속이 뒤엉켰기에.

값비싸고 효과도 없는 접근에 지친 우리는 기증자가 되어 주겠다는 사람 좋은 친구 덕에 몇 달간 비포장 도로로 빠져나왔다. 그러니까 차가운 금속 진찰대를 안락한 침대와 교환했고, 고가의 작은 바이얼 병들을 친구가 공짜로 제공하는―한때 폴 뉴먼 살사가 들어 있던 땅딸막한 유리병에 담아 우리 욕실에 두고 가는―표본과 교환하게 됐다.

그러던 어느 날, 기증자 친구가 대학 동창회 때문에 며칠 여행을 가게 생겼다고 말한다. 그달 치 난자를 잃기 싫은 우리는 하는 수 없이 정자 은행으로 돌아간다. 초음파로 난자의 진전을 확인한다. 난자는 구근을 닮은 더없이 아름다운 모습이고 오후 느지막이만 해도 난포 밖으로 곧 배출될 것만 같았는데, 다음 날 아침에는 흔적도 없이 사라져 심지어 파열된 주머니에서 흘러나온 난포액조차 보이질 않는다. 나는 지치고 좌절함을 넘어 낙담한다. 하지만 해리는―언제고 낙관하는 해리!―아직 늦지 않았을 수 있다고 고집한다. 간호사도 이 말에 동의한다. 다음 나

들목까지 기다리면 될 판에도 길을 잃었다며 서둘러 고속 도로를 벗어나려 드는 나쁜 버릇이 내게 있음을 알기에, 다시 두 사람과 동행해 보기로 한다.

〔싱글 모성성 또는 레즈비언 모성성은〕 상징계에 대한 거부 쥘리아 크리스테바
가 취하는 가장 폭력적인 양태〔중 하나〕이자〔…〕 모성의
힘을 가장 열렬히 신성화하는 경우라고 볼 수 있으며—이런
모든 점에서 법적이고 도덕적인 질서 전체를 교란할 수밖에
없는데, 그렇다고 대안을 제안하지는 않는다.

현재 미국 가족 중 3분의 1이 싱글 맘을 가장으로 두고 있
다는 점을 감안하면(인구 조사에 어머니가 둘인 경우나 여
타 친족 형태에 대한 질문은 아예 포함되지도 않는다—집
안에 어머니라고 불리는 사람이 있고 아버지는 없는 경우
그 가정은 싱글 맘 가정으로 간주된다), 이젠 상징적 질서
에 흠집이 좀 더 났을 만도 하지 않나. 하지만 크리스테바
만 과장한 건 아니다. 이 주제와 관련해 한층 갈피가 잡히
지 않는 주장을 펼친 글이 궁금하다면 장 보드리야르의
「최종 해결책」The Final Solution*을 읽어 볼 것을 권한다. 이
글에서 보드리야르는 여러 방식의 보조 재생산(정자 기
증을 통한 인공 수정, 대리모, 체외 수정 등등)이 피임 기구

---

* 웰렉 도서관 강연을 묶은 『필수적인 환상』*The Vital
Illusion*(쥘리아 위트워 엮음, 컬럼비아 대학교 출판부, 2000)에
수록된 에세이로 부제는 '인간과 비인간 너머의 복제'Cloning
Beyond the Human and Inhuman다.

의 활용과 더불어 재생산을 섹스로부터 분리하고 우리를 "필멸할 유성有性의 존재"에서 불가능한 불멸성을 전하는 클론형 전달자로 만들어 놓는다는 점에서 우리 종의 자살을 예고한다고 주장한다. 소위 인공적인 수정이 "우리 안의 인간적인, 너무나 인간적인 모든 것—우리의 욕망, 결핍, 신경증, 꿈, 장애, 바이러스, 광기, 무의식, 심지어 우리의 섹슈얼리티까지—즉 우리를 특정한 살아 있는 존재로 만드는 모든 요소의 폐지"와 연결된다는 주장이다.

솔직히 말해 나는 보드리야르와 지젝, 바디우가, 그리고 숭앙받는 오늘날의 철학자들이 멸종 위기에 처한 이 "유성의 존재"의 운명을 보호하기 위해 인공 수정용 스포이트라는 인류 절멸의 위협으로부터 우리가 스스로를 구원할 방도를 설교하는 글을 볼 때면 분노보다도 민망함을 느끼는 편이다(그리고 말이 나와 덧붙이자면 사실 아무도 스포이트를 쓰지 않는다. 대부분 작은 경구용 주사기를 사용하지). 더욱이 이들이 말하는 "유성"은 둘 중 하나의 선택지를 의미한다. 여기 지젝이 "악한" 세상에 적합할 섹슈얼리티 유형을 묘사하는 대목을 보라: "2006년 12월에 뉴욕시 당국은 개인이 자기 젠더를 선택할 권리가 (그리고 이에 따라 필요시 성전환 시술을 받을 권리가) 양도 불가능한 인권 중 하나라고 선언했다—궁극적인 차이, 인간 정체성 자체의 근간이 되는 '선험적인' 차이가 이로써 조작 가능한 것이 되어 버린다. 〔…〕 이 트랜스-젠더한 주체의 이상적인 성행위 양식은 '자위 대회'다."

인간 정체성의 근간인 선험적인 차이로부터 치명적으로 멀어진 트랜스젠더한 주체는 간신히 인간으로 남아, 인간을 인간으로 만드는 "진정한 사랑" 대신 "멍청한 자위적 향유"를 종신형으로 선고받는다. 지젝이—바디우에 대한 오마주로서—주장하듯 "멍청한 자위적 쾌락을 진리 사건으로 '실체 변화'transubstantiate시키는 것은 사랑, 곧 둘의 만남이"므로.

이게 우리 시대에 이른바 래디컬로 통하는 목소리들이다. 저들이 저희의 사랑과 저희의 진리 사건을 즐기도록 내버려 두자.

2011년, 너와 나의 몸이 변해 가던 여름. 나는 임신 4개월 차, 너는 호르몬을 투여하기 시작한 지 6개월 차. 헤아리기 어려운 호르몬 잡탕에 잠긴 우리는 네가 용한 외과의에게 탑 수술을 받고 회복할 수 있도록 해변의 셰라톤 호텔에 일주일간 방을 잡고 장마철이던 플로리다주 포트로더데일로 향했다. 도착한 지 스물네 시간 만에 의료진이 네 머리에 살균한 초록색 수술 모를 바짝 씌우고는—"파티 모자"라고 친절한 간호사가 말했다—수술실로 데려갔다. 메스 날이 네 살을 가를 동안, 나는 대기실에 앉아 입안에서 까끌거리는 핫 초코를 마시며 다이애나 나이애드가 플로리다에서 쿠바까지 헤엄쳐 횡단하려 시도하는 걸 지켜봤다. 상어 우리를 동원했지만 그는 그날 끝까지 헤엄치지 못했다. 하지만 너는 헤엄쳐 나왔다. 네 시간 뒤

수술실 밖으로 나왔을 때 너는 마취약으로 아직 의식이 오락가락하는 배꼽 잡게 웃긴 상태였다. 몸통에는 네가 이제껏 두른 어느 바인더보다 단단히 감긴 붕대가 싸매어 있고 좌우로는 배액관과 주머니가 늘어져 있었다. 양쪽 주머니가 체리 맛 분말 음료의 인공 색소를 닮은 혈액 등등으로 끊임없이 차고 또 찰 동안 너는 파티 주최자 노릇을 하겠다고 용을 쓰다 실패했다.

그 한 주간 우리는 돈을 아끼려고 호텔 화장실에서 핫 플레이트로 음식을 해 먹었다. 해변 오두막은 대여비가 너무 비싸 스포츠 용품 매장을 찾아가 해변에 칠 작은 텐트를 샀다. 네가 잠든 사이 난 해변에 텐트를 치고 세지윅의 『사랑에 관한 대화』*A Dialogue on Love*를 읽어 보려 했다. 하지만 텐트 안이 나일론 천막으로 만든 한증막으로 변해 버려 나도 4개월 된 태아도 도무지 견딜 수가 없었다. 그즈음 난 임신한 티가 나기 시작한 걸 한창 즐기고 있었다. 이러다 정말 아이가 생길지도 모르겠다 싶었다. 하룻밤은 둘이 소소하게 사치를 부린답시고 저가 패키지 휴가를 온 유럽인 관광객까지 완비한 인피니티 풀에서 8달러짜리 딸기 맛 버진 다이키리를 마셨다. 공기는 후끈하고 밤에 닥칠 폭풍우로 연보랏빛을 띠었다. 하루가 멀다고 폭풍우가 닥치고 있었다. 해변 보행로를 줄지은 생선 튀김 매장은 남녀가 분리된 대학 사교 패들로 붐볐다. 소란스럽고 역겹고 조금 무섭기도 한 무리였지만 우리만의 역장이 보호막을 형성해 주었다. 사흘째 되는 날, 우리는 차를 타고 세계에서 둘째로 큰 쇼핑몰에 가 몇 시간을 걸었다. 나는 임신 초기인 데다 숨 막히게 더운 날씨 탓에 어지럽고 기진맥진한 상태였고 너는 바이코딘 진통제의 영향에서 이제 막 벗어난 참이었는데도. 임신 출산 매장에 들어간 나는 배가 점점 불러 오면 몸이 어떻게 달라질지 보려고 젤라틴으로 만든 임산부 배 모형을 허리에 차고 옷을 입어 봤다. 가슴뼈에 리본이 달린 보송보송한 흰색 울 스웨터였다. 리본 덕에 배 속 태아를 선물 포장한 것처럼 보이게 만드는 옷이었다. 난 스웨터를 샀고 겨우내 집에서 입었다. 넌 편해 보이고 섹시하게 잘 어울리는 아디다스 바지를 샀다. 우리는 수시로 네 몸에 붙은 배액관을 종이컵에 비우고 가득 찬 혈액 등등을 호텔 변기에 부어 버려야 했다. 그때 나는 다른 어느 때보다 너를 사랑했다. 인공 체리색 배액관과, 더 나은 삶을, 맨살로 바람을 쐴 수 있는 삶을 살고자 수술을 선택한 네 용기와, 호텔 베개를 쌓아서 만든 왕좌에 상체를 지탱하고—실밥이 터지지 않게—꾸벅꾸벅 잠이 드는 너를. '킹스 슬립'이라고 우리는 이름 붙였다, 호텔에서 보낸 일주일 동안 우리가 처음 구매한 유료 시청 영화 「킹스 스피치」에 대한 오마주로.

그 뒤에는 셰라톤 스위트 슬리퍼® 침대에 눕거나 앉은 채로 「엑스맨: 퍼스트 클래스」를 결제했다. 보고 나서는 흡수 동화냐 혁명이냐를 두고 토론했다. 난 동화 자체를 옹호하는 사람이 아니지만, 이 영화에 등장하는 동화파가 변질된 불교적 방식으로 비폭력과 타자와의 동일시를 피력하는 것에 언제나처럼 또 혹하고 말았다. 너는 프릭으로 남아 저 새끼들이 잡으러 오기 전에 먼저 깡그리 날려 버려,

저 새끼들이 무슨 입바른 소리를 하건 실은 너희 죽은 꼴을 보려는 심산이고 그렇지 않다고 착각했다가는 너희 모가지만 날아가니까라고 주장하는 혁명파에 동조했다.

프로페서: 어떻게든 내 영향을 받았을 뮤턴트들을 생각하지 않을 수가 없어. 저들의 고립감과 희망과 야심이 고스란히 느껴졌어. 우리가 엄청난 일을 벌일 수도 있어, 에릭. 저들을 도울 수도 있어.

에릭 렌셔: 과연 그럴까? 다들 처음엔 동질감으로 시작하지. 그 끝은 수용, 실험, 몰살이고.

프로페서: 내 말 잘 새겨들어 둬. 쇼를 죽인다고 네가 평화를 찾지는 못해.

에릭 렌셔: 평화는 바란 적도 없어.

우리는 농담하듯 사이좋게 의견을 나눴지만, 어느새 불필요한 이분법과 양극화의 함정에 빠지고 말았다. 이분법은 우리가 픽션, 적어도 엉터리 픽션에서 가장 싫어하는 요소다. 복잡다단한 쟁점을 차근히 생각해 볼 기회를 제공한다고 주장하지만 실은 각각의 입장을 사전에 정해놓고 가짜 선택지로 서사를 빵빵하게 채우고, 그걸 미끼로 독자를 낚아 그 밖을 보기를, 밖으로 나가기를 더 어렵게 만들기에.

너와 나는 대화 중에 비폭력, 동화, *생존 위협*, 래디컬함의 보존 같은 말을 썼다. 그런데 이제 와 그날의 대화를 다시 떠올릴 때 내 귀에 들리는 건 그 단어들 뒤에서 웅웅대는 소리뿐이다. 껍질 벗겨지고 멸종 위기에 처한 이 행성에서 지금껏 살아온 경험을 서로에게 그리고 스스로에게 열심히 설명하려 드는 소리. 종종 그렇듯 이해받고자 하는 강렬한 필요가 우리 입장을 왜곡했고, 각자의 우리로 더 깊숙이 밀어 넣었다.

누가 옳은지 따지고 싶어요 아니면 서로 연결되고 싶어요? 커플 상담사들이 오늘도 도처에서 건네고 있을 질문이다.

질문에 답하기가 아니라 나가기가, 벗어나기가 목표죠. 들뢰즈/파르네

다른 날은 TV 채널을 돌리다가 양측 유방 절제술을 받고 회복 중인 유방암 환자가 나오는 리얼리티 방송을 보게 됐다. 그이가 우리와 동일한 일련의 동작—배액관 비우기, 붕대 끄를 날을 침착하게 기다리기—을 수행하는 모습을, 그것도 정반대되는 감정을 느끼며 그러는 장면을 보고 있자니 기분이 묘했다. 너는 짐을 덜어 낸 것만 같은 유포리아와 새로 태어난 희열감 속에 있는데 방송에 출연한 여자는 겁을 내고, 울고, 상실감을 토로했다.

셰라톤에서 보낸 마지막 날 밤, 우리는 호텔 안에 있는 '캐주얼 멕시칸' 식당 도스 카미노스에서 어이없게 비싼 저녁을 먹는다. 너는 남자로 패싱한다. 나는 임신한 사람으로 패싱한다. 담당 웨이터가 발랄하게 자기 가족 이야기를 건네며 너와 내가 꾸릴 가족에 대한 반가움을 표한다.

표면상 네 몸은 점차 더 '남성'에 가까워지고 내 몸은 점차 더 '여성'에 가까워지는 듯이 보였는지 모른다. 하지만 내면의 느낌은 그렇지 않았다. 내면에서 너와 나는 나란히 변모 중인, 그리고 느슨하게나마 서로의 변신을 목도하고 있는 두 인간 동물이었다. 달리 말하자면 우리는 나이 들고 있었다.

질 밖으로 아이가 나올 때의 느낌을 가리켜 태어나서 누어 본 가장 큰 똥을 내보낸 것 같다고 말하는 여자가 많다. 이건 비유가 아니다. 항문 직장과 질관은 서로 기대어 있다―직장과 질관, 이 둘도 하나가 아닌 성이다. 변비는 임신의 주요 특징 중 하나다. 자라는 태아가 말 그대로 아래쪽 창자를 변형시키고 압박해 대변의 모양과 흐름과 배변 가능성을 바꾸어 놓는다. 임신 후기에, 마침내 변이 나왔을 때, 크리스마스 트리 장식처럼 둥근 공으로 뭉쳐진 걸 보고 깜짝 놀랐다. 이어 아이를 비롯하며 분만이 시작된 뒤로는 도무지 변을 눌 수가 없었다. 똥줄을 놓아 버리면 회음과 항문과 질이 한꺼번에 다 무너지고 말리라는 걸 사무칠 정도로 분명히 알아차렸으니까. 놓는 순간 또는 놓을 수 있게 되는 순간 아이까지 같이 나올 확률이 있다는 것도. 그건 곧 끝없이 추락하며 산산이 조각나리라는 걸 의미한다는 것도.

출산하기 전에 산/부인과 사무실에서 임신 출산 잡지에 실린 질의 응답을 정독하면서, 놀라울 정도로 많은 여자가 똥과 분만에 대해 유관하면서도 별개인 고민과 걱정을 하고 있음을 알게 됐다(또는 잡지 편집자들이 일종의 투사이자 프로파간다로서 꾸며낸 고민들일 수도 있겠다):

Q: 남편이 분만실에 같이 들어가서 그 과정을 다 보고 나면, 나한테 다시 매력을 느낄까요? 본의 아니게 배변하는 모습과 질에서 아이 머리가 나오는 모습을 보고도요?

이 질문이 날 혼란스럽게 했다. 분만 노동에 대한 묘사였지만 이런 세부는 섹스를 할 때면, 적어도 어떤 종류의 섹스를 할 때면, 적어도 내가 그때껏 좋은 섹스로 여겨 온 종류의 섹스를 할 때면 빈번히 일어나던 일과 크게 다르지 않았으니까.

*끝없이 추락하며 산산이 조각나기에 순응하는 방법은 없나요*라고 묻는 이는 없었다. 이건 내면의 질문이다.

근래의 '걸'grrrl 문화에서 자주 사용되는 표현으로 "엉덩이 박아 줄 자지만큼이나 모모가 절실해" 유의 말이 많이 보인다. 물론 이건 모모에 해당하는 게 전혀 절실하지 않다는 반어적 표현이다(그런 점에서 '엉덩이 박아 줄 자지'는 '세뇌하는 남자'나 '물고기용 자전거' 등등의 표현과 같은 과라 할 수 있다). 나도 걸들이 주체적으로 자기 권한을 행사할 수 있다고 느껴 예컨대 즐기지도 않는 성행위를 거부하는 걸 당연히 환영하고, 더군다나 스트레이트 보이 중 다수가 아무 구멍에나, 심지어 아프다 해도 개의치 않고 들이박으려 든다는 거야 흔한 사실이다. 그래도 이러한 표현의 사용이 "여성 항문 에로티시즘에 대한 지속적인 논의의 부재 〔…〕 고대부터 지금껏 여자들의 항문 에로티시즘이―어떤 의미든―의미를 갖는 주요하고 일관된 서양 담론이 아예 부재했다는 일언지하의 사실"을 되레 드러내지 않는지 걱정이 들기도 한다.

세지윅

세지윅은 여자의 항문 에로티시즘에 대한 인지도를 높이는 데 크게 기여했다(정작 그가 가장 관심을 가진 건 스팽킹이고 이건 정확히 말해 항문 취미에 들지 않지만). 그런데 세지윅(그리고 프레이먼)이 여성의 항문 에로티시즘이 *의미*를 갖는 공간을 만들려고는 해도, 이건 항문 에로티시즘의 *체감*을 탐구하는 것과는 다르다. 한때 발레리나였고 회고록 『항복』*The Surrender*을 통해 항문 섹스 전담 대중 문화 상담사가 돼 보려다 기진하고 만 토니 벤틀리조차 뒤로 하기에 관해서는 은유와 억지스러운 말장난, 영적 추구로 얼버무리지 않은 글을 좀체 쓰지 못했다. 그리고 프레이먼은 여성 항문을 그의 부정을 통해, 그러니까 질이 아니라는 사실을 이유 삼아 격상시키는 편이고 말이다(뒤로 하는 사람에게 질이란 있으나 마나 한 것이라는 듯이).

난 내 항문에 관한 해석학에도 에로스학에도 은유학에도 흥미가 없다. 난 뒤로 하기에 흥미가 있다. 별도의 단추로 위장한 클리토리스가 실은 큰가오리처럼 넓은 영역에 걸쳐 있고 8,000개에 달하는 신경을 품었지만 시작과 끝이 구분되지 않는다는 점에 흥미가 있다. 인간의 항문이 인체에서 신경이 가장 많이 분포된 부위 중 하나라는 사실에 흥미가 있다. 이 사실을 난 12개월 된 이기의 종합 예방 접종을 마치고 집으로 돌아오는 길에 당혹스러운 라디오 방송을 듣다가 배웠다. 대중 과학서 저자 메리 로치가 방송 진행자인 테리 그로스에게 항문에 대해 설명할 동안 나는 이기가 접종 부작용에 따른 신경 근육 쇠약 조짐을 보이지는 않는지 틈틈이 백미러로 확인했다. 항문에는 "신경이 어마어마하게 많습니다. 아무래도 느낌으로 고체와 액체와 가스를 구분할 수 있어야 하는 게 항문이고 그래서 그중 하나 또는 모두를 선택적으로 방출할 수 있어야 하니까요. 항문이 있어 천만다행이에요, 정말이지 우리 모두 인간 항문에 감사해야 해요, 여러분." 이에 그로스 왈: "여기서 잠깐 쉬었다가 이야기 이어 가도록 할게요. 여러분은 지금「프레시 에어」를 듣고 계십니다."

플로리다에 다녀오고 몇 달 후. 네가 새로이 체감하는 몸의 편안함과 새 호르몬의 기세에 쉴 새 없이 섹스하고 싶어 하는 동안, 나는 어렵게 얻은 아기 씨앗이 떨어져 나갈까 봐 조마조마하고 고개만 돌려도 어지러워 누운 자세에서도 추락하는 기분인 데다―끝없이 추락한다―피부 세포까지 울렁거려 신체 접촉에 무조건 속이 느글대 섹스를 할 수 없는 사람이 되어 가고 있다.

스치는 바람이나 맨살에 닿는 손길이 일으키는 짜릿함을 호르몬이 메스꺼움으로 바꿔 놓을 수 있다는 사실이 그 궤적을 따를 수도 깊이를 헤아릴 수도 없는 오묘함으로 다가온다. 그 앞에선 사람 심리의 오묘함도 무색해진다. 내가 창세기가 아니라 진화에서 무한한 영적 심오함을 발견할 때와 같이.

우리의 몸은 나날이 낯설어졌다. 스스로에게도, 서로에게도. 네 경우 여기저기 생소한 자리에 굵은 털이 나고 볼기뼈를 가로질러 새로운 근육이 들어섰다. 나는 1년 넘게 유방이 아리거나 욱신거렸고, 이제 통증은 사라졌지만 여전히 내 신체 부위처럼 느껴지지 않는다(아직 젖을 먹이는 중이니 그런 면이 없지는 않다). 너는 오랜 세월 돌처럼 살았다. 그런 네가 이젠 기분 내킬 때마다 상의를 벗고, 공공 장소에서도 근육질 상체를 드러낸 채 조깅을 하고 심지어 수영도 한다.

호르몬 투여로 너는 돌연 치미는 열기나 사춘기의 싹틔움처럼 네 섹슈얼리티가 마음속 미궁에서 내려와 미루나무처럼 따스한 바람결에 씨앗을 흩트리는 경험을 하게 되었다. 너는 이런 변화들을 반기는 한편 이 또한 일종의 타협이자 가시성을 위해 걸어야 하는 판돈이라고 느낀다. 언젠가 흰 천을 뒤집어쓴 유령을 그리고 그 옆에 이 천 없이는 내가 안 보이지라고 썼던 너답게도. (가시성은 가능하게 하는 동시에 훈육한다. 젠더를 훈육하고 장르를 훈육한다.) 나는 임신을 통해 지속하는 머뭇댐, 느림, 탈진, 장애화를 처음 맞닥뜨린다. 출산하는 과정은 예컨대 피스팅을 할 때처럼 스스로 무적이 된 느낌, 내 너르고 풍만함을 실감하는 경험이리라고 무턱대고 생각해 왔던 나다. 그런데 2년이 지난 지금까지도 몸 안이 윤택하기보다 후들후들한 느낌이다. 어쩌면 체감이 영원히 달라진 건지도 모르겠다는 생각을 슬슬 받아들이기 시작할 정도로. 앞으로는 나도 우리도 이 정도의 민감함을 내 기준으로 여겨야 한다고. 취약함도 객기만큼 섹시할 수 있을까? 난 그렇다고 생각하는 편인데 그래도 간혹 길을 헤맬 때가 있다. 내가 방향을 못 찾고 헤매면 우리가 같이 찾을 수 있을 거라고 해리가 확신을 갖고 말해 준다. 그렇게 우리는 계속 시도하고, 우리 몸이 반복해 서로를 찾아낸다. 우리 몸이─우리가─여태 바로 여기 있었음에도.

이제 와 생각하면 참 의아하다 싶은 반응을 내가 보인 날이 있었다. 임신 20주 차에 처음으로 초음파 검사를 받으러 갔는데, 구불구불한 정자 모양의 은색 핀을 흰 가운에 꽂은 친절하고 게이였지 싶은 라울이라는 남자가 검사 후에 우리 아기가 의심의 여지 없이 남자 아이라고 말해 줬을 때, 난 조금 울었다. 페미니스트 딸에 대한 환상, 내 '미니미'에 대한 환상을 놓아 버려야 하는 상실감 때문이었던 것도 같다. 머리를 땋아 줄 수 있는 어린아이에 대한 꿈을, 재롱둥이 남자 강아지와 거리낌이 없는 아름다운 의붓아들과 호르몬 투여 중인 세련된 부치와 함께 사는 집에서 내 펨 앨라이가 되어 줄 누군가에 대한 환상을.

하지만 그건 내 운명이 아니었고 아기의 운명도 아니었다. 소식을 들은 지 24시간도 안 지나 나는 사실을 기꺼이 받아들였다: 작은 애그니스 대신 작은 이기다. 내가 열렬히 사랑할 이기. 이기의 머리를 땋게 될지도 모른다! 초음파 검사를 받고 집으로 돌아가는 길에 네가 상기시켜 주었듯. *아니, 나도 여자로 태어났는데 보다시피잖아.*

세지윅이 "여자와 남자는 분필과 치즈, 추론과 멜론, 위와 아래, 1과 0보다는 닮은 지점이 많다"고 주장한 것에 동의하는 입장이면서도 나는 내 몸이 남성의 몸을 만들 수 있음에 놀랐다. 내가 아는 여자 중에도 비슷한 심정을 토로하는 이가 많다. 그게 얼마나 평범한 기적에 해당하는지 모르지 않으면서도. 내 몸이 남성의 몸을 만들어 갈 동안, 나는 남성과 여성 신체의 차이가 점점 더 녹아 사라지는 걸 체감했다. 난 차이가 있는 몸을 만들고 있었지만, 여아의 몸이었대도 차이의 몸이긴 마찬가지였을 테다. 내가 만드는 몸이 조만간 내 밖으로 미끄러져 나와 저만의 몸이 된다는 게 주된 차이고 다름이니까. 래디컬한 내밀함, 래디컬한 차이. 둘 다 몸 안에, 그윽한 그릇 안에 담겨.

당시 내가 자주 곱씹던 말이 있다. 시인 패니 하우가 혼혈인 아이를 임신한 경험을 두고, 누구나 자기 몸 안에 자라나는 생명과 점차 닮아 가는 것 같다는 요지로 한 말이었다. 하지만 하우가 임신한 동안 제아무리 '흑인'이 된 기분을 느꼈다 한들, 바깥 세상이 인종 간극을 강화하고자—

그것도 기꺼이—언제고 기다리고 있다는 사실 또한 그는 분명히 인지하고 있었다. 하우는 자신이 낳은 아이들에게, 그 아이들은 하우에게 속해 있지만, 아이들도 하우도 안다. 저희가 같은 처지가 아니라는 사실을.

이 간극이 하우 안에 이중 간첩이 된 기분을 일으켰고, 백인들만 있는 자리에서는 이 기분이 특히 고조됐다. 1960년대 후반의 여러 모임과 자리에서 백인 리버럴들이 "흑인들에 대한 공포와 이러저러한 가치 판단"을 대놓고 늘어놓은 탓에 "내 남편과 아이들도 흑인이라고 선언하듯 말하고 서둘러 자리를 떠야 했다"고 그는 회상한다. 1960년대에만 맞닥뜨린 일도 아니었다. "이런 일이 하도 비일비재하게, 여러 형태로 반복돼 이제 나는 백인만 있는 공간에 발들일 때면 어떤 식으로든 귀띔부터 주고 시작한다. '내가 어느 편인지' 주의를 주는 말로." 하우는 덧붙인다. "그러면서 피부는 하얘도 내 영혼은 그렇지 않다고, 그리고 내가 위장을 하고 있다고 유독 느낀다."

해리가 비밀을 하나 알려 준다. 남자들이 집 밖에서는 서로 꽤나 싹싹하게 군다고 한다. 길에서 지나칠 때 꼭 "헤이, 보스"라고 가벼운 인사말을 건네거나 고개를 끄덕인다고.

여자들은 그러지 않는다. 여자들이 죄다 서로의 등에 칼을 꽂거나 서로 원한과 앙심을 품는다는 뜻은 아니다. 여자들은 밖에서 서로 고상하게 고개인사를 건네지 않는다. 딱히 그럴 필요도 없다. 그 고갯짓은 당신을 해코지할 의도가 없다고 알리기 위한 표현이기도 하니까.

게이인 친구와 셋이 같이 점심을 먹는 자리에서 해리가 밖에 보이는 남자들의 행동거지를 관찰한 결과를 보고한다. 그러자 친구가 웃으며 말한다. 나도 해리처럼 생겼으면 "헤이, 보스" 소리 들었겠지!

남자인 누군가가 해리의 운전 면허증이나 신용 카드를 유심히 볼 일이 생기면, 두 사내 간의 동지애가 급랭하는 이상한 순간이 뒤따른다. 그렇다고 우호적인 태도마저 순식간에 증발해 버리지는 않는데, 그 전까지 짧지 않게 교류를 나누었던 경우에는 더더욱 그렇다. 예컨대 식사 중에 웨이터와 말을 주고받았다든가.

얼마 전에는 핼러윈을 앞두고 호박을 사러 갔다. 밭을 둘러보며 호박을 골라 담으라고 작고 빨간 손수레를 하나 받았다. 우린 가격을 흥정하고, 제 손으로 머리통을 뽑는 사람 크기의 좀비 인형을 보며 감탄했다. 아기가 귀엽다고 자잘한 호박도 서비스로 받았다. 이어 신용 카드를 건네는 순간이 왔다. 카드를 받은 남자는 한참 말이 없더니 "이거 저분 카드죠?"라고 물으며 날 가리켰다. 안쓰럽다는 생각마저 들 만큼 남자는 필사적으로 그 순간을 정상화하려 하고 있었다. 내 카드가 맞다고 대답해 넘겼어야 했는데, 그러면 또 다른 시비로 이어질까 봐 걱정이 됐다 (상습적인 경범자로 찍혀선 안 되지—그래도 난 필요시에 내 한 몸 던질 깡은 있다. 이 사실이 내 안에 뜨겁고 붉은 형 체로 타오른다). 우리 둘 다 여느 때처럼 얼어붙어 해리가 "제 카드인데요"라고 말할 때까지 긴장을 풀지 못했다. 긴 휴지, 빤한 곁눈질. 이 장면에는 보통 폭력의 그림자가 드리우기 마련이다. "좀 복잡해요." 해리가 마침내 침묵 에 구멍을 내며 말한다. 결국 남자도 입을 열었다. "아니 요, 사실 그렇지도 않죠." 그가 카드를 돌려주며 말했다. "전혀 복잡할 거 없어요."

임신해 보낸 가을에—이른바 황금 분기라는 임신 첫 3개 월—나는 격주 주말마다 내 책 『잔인함의 예술』*The Art of Cruelty* 홍보차 혼자 전국을 돌았다. 그리고 늘 자부해 오던 내 자족적 성향을 이제는 다른 사람에게 선뜻 도움을 청 하는 성향과 맞바꿀 필요가 있음을 오래지 않아 인정했 다. 가방을 머리 위 짐칸에 올리고 내릴 때, 지하철 계단을 오르내릴 때 등등. 그런 도움을 나는 요청해 받았고, 도움 을 친절로 받아들이기까지 했다. 공항에서 무거운 발을 끌며 지나가는 날 보고 군인이 경례를 한 적도 한 번 이상 있었다. 사람들의 호의는 가히 충격적이었다. *미래를 보듬 은 분이시군요. 미래는 친절로 대해야 마땅하죠*(그게 아니 라면 적어도 미래에 대한 특정한 상은 친절로 대해 마땅한 데, 나란 사람이 이 그림을 출산할 능력을 지닌 것으로 보이 는 모양이었고 그런 이상 군대가 나서 나를 기꺼이 지킬 태세였다). 아, 이게 정상성의 유혹이구나, 라고 생각하며 난 미소로 답했다. 타협하며, 빛나는 얼굴로.

하지만 임신한 상태로 공공에 나선 몸은 또한 적나라하다. 어딘가 우쭐한 자가 성애, 자가 성감의 기운을 발산한다. 이 몸에서는 아주 내밀한 관계가 맺어지고 있다—남들 눈에 보이되 그들을 단호히 배제하는 관계가. 군인이 경례를 하고 모르는 사람이 축하를 건네거나 좌석을 내줄지언정, 이 사사로움이, 그리고 유대가 사람들 신경을 거스르는 것도 사실이다. 특히 임신 중지를 반대하는 사람들을 자극한다. 그 사람들이야 이 원 플러스 원 상품을 점점 더 일찍 떼어 놓는 걸 선호하니까—24주에, 20주에, 12주에, 6주에… 원 플러스 원 관계를 일찍 분리할수록 그 관계를 이루는 하나의 구성 요소—권리를 가진 여자—를 한시라도 더 빨리 처분할 수 있기에.

임신할 마음이 없었던 시절—'사육자들'을 매몰차게 조롱하던 시절이기도 했다—난 임신한 여자들이 불평 뒤에 숨어 내심 우쭐해하고 있다고 비밀리에 생각했다. 문화라는 케이크의 꼭대기에 앉아 여자라면 응당 해야 한다는 정확히 그 일을 한다는 이유로 온갖 갈채를 받고 있으면서, 여전히 지지와 지원이 부족하고 차별받는 기분이 든다고? 적당히들 좀 하지! 나도 아이를 낳고 싶다고 마음먹은 뒤로는, 임신이 되지 않은 걸 깨달을 때마다 임신부들이 내가 갖고 싶어 하는 케이크를 손에 쥐고도 아이싱

맛이 마음에 안 든다고 칭얼대고만 있다고 느꼈다.

어느 쪽이건 내가 틀렸다. 당시에 그리고 지금도 내 희망과 두려움의 벽에 갇힌 탓이다. 이 글에서 그 틀림을 바로잡으려 들지는 않겠다. 그저 속 편히 다 털어놓고 싶다.

이제 나를 임신부 모양의 종이 인형처럼 사뿐히 들어 '뉴욕의 일류 대학'으로 옮겨 놔 보자. 잔인함을 소재로 한 내 책에 대해 강연하는 자리다. 뒤따른 질의 응답 시간에 잘 알려진 남자 극작가가 손을 들고 말한다. *보아하니 아이를 가지신 것 같은데 그래서 이걸 묻지 않을 수가 없네요—이런 어두운 소재(사디즘, 마조히즘, 잔인함, 폭력 등등)를 다루는 작업을 어떻게 감당했어요, 그런 상태로?*

아 그럼 그렇지, 무릎으로 단상을 지그시 누르며 난 생각한다. 아가씨 강연자를 앞에 두고 기어이 그의 몸을 환기시키는 일을 자처할 사람은 역시나 나이 지긋하고 지체 높은 백인 남자일 수밖에. 그리해 청중 중 어느 누구도 저 어처구니없는 모순, *생각하는 임신한 여자*라는 광경을 놓치지 않게 하겠다고. 이건 물론 그보다 일반적으로 통용되는 모순어인 *생각하는 여자*를 부풀린 버전일 따름이다.

애초에 이 구경거리를 놓친 사람이 누가 있다고. 소위 북투어 내내 이런 장면이 가는 곳마다 거의 어김없이 반복됐는걸. 공공에서 임신한 여자를 볼 때면 나부터가 주변의 모든 소리가 뒤로 물러날 정도로 임신 임신 임신만 머릿속에서 둥둥 울리는 경험을 하는 판에. 포궁에 든 영혼(들)이 노이즈라도 내보내고 있는 건가 싶을 정도로. 평소에 다른 사람을 보고 나와 다른 한 사람으로 인지하는 과정에 혼선을 빚는 노이즈를. 하나가 아니지만 둘이지도 않은 것과 마주할 때의 노이즈를.

이런 짜증 나는 질의 응답이나 매끄럽지 못한 이착륙이나 괴로운 교수 회의를 견뎌야 할 때면, 나는 부푼 배에 손을 얹고 깜깜한 배 속을 빙글빙글 돌고 있는 존재와 말 없는 교감을 주고받으려 했다. 내가 가는 곳 어디든 아기도 갔다. 안녕 뉴욕! 안녕 욕조! 그렇기는 해도 아기들에게는 저마다의 의지가 있고, 내 아기가 팔인지 다리인지를 삐죽 뻗어 내 배를 텐트로 만들어 놓은 순간 이 의지가 처음 가시화됐다. 밤이 되면 요상한 자세를 취해서 내가 *아가야 좀 비켜 봐! 그 발 좀 내 허파에서 떼 줄래!* 하고 사정하게 만든다. 만에 하나 발생할지 모를 문제에 촉을 세우는 사람이라면—나처럼—아기의 몸이 스스로에게 해로울 수도 있는 쪽으로 발달하고 있지는 않나 살펴야 할 수도 있는데, 물론 그런 일이 있어도 속수무책이긴 하다. 무력감, 유한함, 견딜힘. 내가 아기를 만들고는 있지만 직접적으로 만드는 건 아니다. 내가 아기의 복지를 책임져야 하나, 주요 요소를 제어하지는 못한다. 나는 아이가 차츰 펼쳐지도록 허용하고, 그 펼쳐짐에 자양분을 공급하고, 아기를 보듬어야 한다. 그러나 정작 아기는 제 세포가 프로그래밍된 대로 펼쳐진다. 알맞은 유기농 차를 섭취하는 걸로는 구조적 또는 염색체 교란의 전개를 역전시킬 수 없다.

조기 분만도 하지 않고 치료도 아이가 태어난 뒤에 하기로 이미 결정했는데 왜 매주 아기의 신장 크기를 확인하고 마음을 졸여야 하나요? 끈적끈적한 초음파 작대기를 벌써 1,000번째 배 위에 굴려대는 의사에게 물었다. 글쎄, 대부분은 아이의 상태에 대해 알 수 있는 건 다 알고 싶어 하셔서요. 의사가 내 눈을 피하며 말한다.

솔직히 말하면 나도 우리가 임신을 처음 시도할 즈음에는 잔인함과 관련된 프로젝트를 매듭짓고 더 '명랑한' 주제로 옮겨 가 있길 바랐다. 아기가 포궁에서 조금 더 즐거운 반주곡과 함께 지낼 수 있게끔. 하지만 괜한 걱정이었다―임신하기까지 걸린 시간이 내가 바란 기간을 훨씬 웃돌았을 뿐 아니라, 임신이라는 경험이 그런 희망이 얼마나 부질없는 것인지 깨닫게 해 주었으니까. 아기들은 희망과 두려움의 나선 속에 자란다. 배태는 나를 그 소용돌이로 더 깊숙이 끌어들일 뿐이다. 그 안은 잔인하지 않지만 어둡다. 강연장에서 이걸 그 극작가에게 설명해 줄 의사가 있었건만, 그 남자는 그새 자리를 뜨고 없었다.

질의 응답 시간까지 끝나자 한 여자가 다가와 말을 걸었다. 그는 사귀던 여자가 섹스할 때 자기를 때려 달라고 해서 최근에 관계를 정리했다고 내게 털어놓았다. 정말 많이 망가진 사람이었어요. 폭력을 당한 경험이 많은 사람이거든요. 저는 난 너한테 그럴 수 없다, 난 절대 그런 사람이 될 수 없다고 말할 수밖에 없었어요. 뭐라도 조언해 주길 바라며 이 이야기를 꺼낸 것 같아 나는 유일하게 떠오르는 말을 건넸다. 그 사람을 알지 못하는 만큼 내게 분명한 건 단 하나, 그러니까 당신과 그 사람의 도착이 서로 궁합이 맞지 않았던 것으로 보인다고.

세지윅 동일한 생식기적 행위도 사람에 따라 전혀 다른 의미를 띤다. 이 점은 꼭 기억해 두어야 할 중요한 요지고 또한 기억하기 어려운 점이기도 하다. 우리가 교통과 교감을 찾을 수 있길 기대하는 바로 그 지점에 차이가 존재함을 상기시키는 말이기에.

임신 28주 차에 나는 출혈로 입원해야 했다. 의료진이 태반상의 문제일 수도 있다는 이야기를 하던 중에 의사 한 사람이 농담하듯 말했다. "물론 그렇지 않길 바라야죠, 맞는다면 아기 입장에서는 괜찮아도 환자분에게는 괜찮지 않을 수 있으니까요." 난 재차 질문했고 그제야 내 태반에 문제가 생긴 시나리오가 사실인 것으로 확인되면 아이는 살아남더라도 나는 그러지 못할 수 있다는 말이라는 걸 이해했다.

어렵게 갖게 된 예비 아기인 만큼 당연히 맹렬하게 사랑했지만, 아이의 생존을 위해 나 스스로 이 눈물의 골짜기에서 하직할 준비는 전혀 되어 있지 않았다. 날 사랑하는 사람들도 그런 결정―지구의 다른 곳에서는 의사에게 그 권한이 주어지고 이곳의 완고한 임신 중지 반대자들도 그 방향으로 밀어붙이려 하고 있는 결정―을 달가워하지 않을 것 같았고.

언젠가 브루클린-퀸스 고속 도로(우리의 갈보리?) 옆으로 어마어마하다 싶게 빽빽이 들어찬 공동 묘지를 지나쳐 뉴욕 JFK 공항까지 갈 일이 있었다. 택시 기사가 언덕을 가득 메운 묘비들을 아쉬운 눈으로 내다보더니 저 무덤 중 상당수가 아이들 무덤이에요, 하고 말했다. 그렇겠죠, 난 짧게 대답했다. 여자들의 삶과 행동거지에 대해 듣고 싶지 않은 훈수를 혼잣말로 늘어놓는 택시 기사들로부터 방어 태세를 취하며 살아온 오랜 세월의 결과인 고단함과 긴장감이 뒤섞인 목소리로. 아이가 죽는 건 다행한 일이에요, 기사는 말했다. 곧장 천국으로 가거든요, 아이들은 죄가 없어서.

태반 관찰을 앞두고 도무지 잠이 오지 않던 밤에, 문득 택시 기사의 이 독백이 기억났다. 그리고 그런 생각을 해 보았다. 임신 중지의 적들이 전 세계에 걸쳐 배태의 지속을 강제하겠다는 꿈을 달성하려 복무하는 대신, 임신 중지 시술대에서 천국으로 곧장 향하게 될 태어나지 않은 죄 없는 영들에 대해 기뻐할 수는 없는 것일지. 우리 모두를 몸값 매겨 받고 몸 파는 이로 (그리고 당연히 사회 보장 제도의 수혜자로) 기어이 전락시키고 마는 이 죄악의 소굴을 굳이 거칠 것도 없이 직행으로 갈 수 있음에. 그러면 우리 등에서 저들을 확실하게 떼어 낼 수 있지 않을까?

내 평생 임신한 동안만큼 임신 중지를 전적으로 지지했던 때도 없다. 그리고 임신한 동안만큼 난소가 수정되는 순간 생명이 시작된다는 사실을 속속들이 납득하고 그 사실에 흥분했던 적도 없다. 페미니스트들이 임신 중지는 선택인 동시에 아이에 관한 것이다라고 선언하는 스티커를 만드는 일이야 영영 없을지 모르지만, 사실이 이렇고 우리 모두 이 사실을 안다. 조지 칼린*이 비밀을 까발리길 기다릴 필요 없다. 우린 뭣도 모르는 존재가 아니다. 뭐가 걸린 사안인지 너무 잘 안다. 가끔 우리는 죽음을 택한다. 해리와 나는 간혹 농담 삼아 여자들이 임신 20주를 훌쩍 넘긴 뒤에도—어쩌면 출산 후 이틀까지도—아기를 낳을지 말지 결정할 수 있어야 한다고 말하곤 한다. (농담입니다, 농담.)

임신 과정을 기억할 물건들을 이기를 생각해 많이 남겨 뒀지만, 금발을 뒤로 높게 묶은 명랑한 초음파 검사자가 매번 굳이 뽑아 준, 포궁 속 이기의 고추와 불알을 담은 초음파 사진 스물다섯여 장이 든 봉투는 내버렸음을 고백

---

* George Carlin(1937~2008). 미국 코미디언, 배우. 1996년에 방영된 HBO 스탠드업 코미디 특집 「백 인 타운」Back In Town에서 소위 '프로-라이프' 즉 임신 중지 반대자들을 비판한 것으로 유명하다.

한다. 하이구 고 녀석, 내 거기 좀 봐라 하고 되게 자랑하네요. 검사자는 인쇄 버튼을 누르며 꼭 이런 추임새를 넣었다. 바지 속 자랑하길 엄청 좋아하네요!

그럼 나는 매주 맙소사, 양막에서 마음대로 떠돌게 좀 둘 것이지, 하고 속으로 생각하며 그 세 폭 제단화를 단호하게 접어 지갑에 넣었다. 자각 없이 지내게 좀 둬요—어쩌면 처음이자 마지막일 텐데. 남을 위해 자기를 수행하는 과업에서 자유롭고, 우리 모두가 실은 포궁에서조차 우리를 향하고 우리 몸에 맞고 튕겨 나가는 투영과 반영의 흐름에 반응해 발달한다는 사실로부터 어쩌면 유일하게 자유로울 순간에 조금이라도 더 머물도록. 우리는 이렇게 형성된 눈덩이를 결국 나라고 부른다(아르고호).

주체는 지극히 관계적이며 또한 이상하다고 이야기하는 게 이 눈덩이를 기분 좋게 받아들이는 방법 아닐까. 우리는 다른 이를 위해 혹은 다른 이 덕에 존재한다. 예정일을 앞둔 몇 주간, 나는 매일같이 아로요세코 개울가를 걸었고, 이기를 사랑하려 이 세상에 기다리고 있는 여러 사람의 이름을 발음해 가며 적었다. 그이들이 약속하는 사랑이 이기를 차차 밖으로 꾀어내기에 충분하기를 바라며.

예정일이 가까워지면서 나는 출산을 보조할 제시카라는 여자에게 속내를 털어놓았다. 내가 젖을 만들지 못할까 봐 걱정된다고, 마치 그런 경우에 대해 들어 본 듯이 말했다. 그러자 제시카가 웃으면서 이미 만들었는걸요 하고 말했다. 내가 못 미더워하자 *다시 보여 드려요?* 하고 묻기에, 난 고개를 끄덕이고는 수줍어하며 브래지어 밖으로 가슴을 꺼냈다. 그러자 제시카는 화들짝 놀랄 손짓으로 일거에 내 가슴을 자기 손-부리로 쥐더니 힘껏 쥐어짰다. 노르스름한 방울이 내 의구심은 아랑곳 않고 둥근 고리를 이루며 맺혔다.

예술사가이자 비판 이론가인 카자 실버먼에 의하면 부성 신God으로의 전환은 어머니가 모든 위해로부터 보호해 주지 못하며 그의 젖이—그 자체로건 은유로서건—모든 문제를 해결해 주지 않음을 아이가 인지하고 난 직후에 일어난다. 인간 어머니는 자신이 분리되고 유한한 별개의 독립체임을 드러내는 과정에서 아주 깊은 실망감을 안긴다. 아이는 모성의 유한함에 분개하며 전능한 가부장—신—에게로 돌아선다. 정의상 어느 누구도 실망시킬 수 없는 신에게. "문화가 그리고 존재 자체가 아이의 일차적 보호자에게 부과하는 비상할 정도로 난해한 과업은 '여기가 네가 끝나고 다른 사람이 시작되는 곳이다'라는 말을 온갖 방식으로 반복하고 반복해 아이를 관계성에 입단시키는 과제다. 보호자가 가르치지 않으면 죽음이 아이에게 가르쳐야 할 교훈을. 불행히도 이 가르침은 좀처럼 잘 수용되질 않고, 보통은 아이 어머니가 스스로 큰 대가를 치르며 전달하게 된다. 대부분의 아이는 저희 요구가 부분적으로만 충족되는 것에 극도의 분노로 반응한

다. 어머니가 무엇인가를 제공할 힘을 지녔음에도 내주지
않고 있다는 믿음에 근거한 분노로."

보호자가 '나'와 '나 아님'의 가르침을 주지 않을 경우 아
이가 자기가 존재할 공간을 충분히 확보하지 못할 수 있
음은 나도 알겠다. 그런데 이 가르침이 왜 그렇게 큰 대가
를 치르며 전달되어야 하는데? 정확히 어떤 대가지? 아이
의 분노를 견디는 것? 아이의 분노는 우리가 견딜 수 있는
것이어야 하지 않나?

실버먼은 또한 아기의 요구가 "유아의 결핍을―그리고
그 연장선에서 어머니 본인의 결핍을―충족할 역량을
어머니에게 돌림으로써 어머니의 나르시시즘을 부채질
한다"고 주장한다. "우리 문화에서는 여자 대다수가 상
처 입은 자아를 지닌 만큼, 이러한 이상화의 따뜻한 햇살
을 누리고 싶은 유혹이 종종 불가항력으로 다가온다." 나
도 결여를 채우고자, 자아의 상처를 달래고자, 병적이다
싶은 방법으로 이상화의 햇살을 쬐고자 아이를 이용하는
어머니를 간혹 봐 왔다. 하지만 대개 이들은 아이를 낳기
에 앞서 이미 병적이었다. 이들은 당근 주스와도 병적인
관계를 맺었을 거다. 잔존하는 라캉주의 이론가답게도
실버먼의 조리개는 빈 공간을 채우는 것에서 비롯하는
낙 이외의 즐거움이나 상처에 바르는 연고에 불과한 사
랑 이외의 사랑을 아우를 정도로 넓지는 않은 듯하다. 내
가 알 수 있는 한 이 지구상에서 가장 보람 있는 쾌락과 기
쁨은 다른 이를 충족시키고 스스로를 충족시키는 것 사

148

이를 미끄러지듯 오가는 것일 텐데 말이다. 어떤 사람들은 이를 하나의 윤리라고 부를 테다.

그러나 실버먼도 어쨌든 이 돌고 도는 순환이 변할 수 있거나 변해야 한다고 상상하기는 한다. "모성의 유한함에 힘을 실어 주는 재현을 제공함으로써 〔어머니를〕 지지해야 할 판에, 우리의 문화가 정작 조장하는 건 〔어머니〕 본인이 정말 원한다면 우리 욕망을 만족시킬 수 있을 거라는 암묵적인 믿음이다." 이런 "힘을 실어 주는 재현"은 어떤 모습일까? 할리우드 영화에 등장하는 여자 배역을 개선하는 것? 내가 쓰고 있는 이런 책? 난 아무것도 재현하고 싶지 않은데.

동시에 내가 쓰는 모든 단어가 나라는 존재가 무엇이건, 내가 표면적으로 제공하는 것으로 보이는 관점이 무엇이건, 내가 살아온 것이 무엇이건, 그에 대한 일종의 변호 또는 가치 선언으로 읽힐 수도 있다. 누군가 입을 여는 순간 그 사람에 대해 정말 많은 걸 파악하게 된다. 들이고 싶지 않은 사람이란 걸 당장 알 수 있기도 하다. 이건 말하기와 글쓰기의 공포를 이루는 요소이기도 하다. 숨을 곳이 없다. 숨으려 들면 구경거리가 기괴하게 변하기도 한다. 존 디디언이 『푸른 밤』에서 딸 퀸타나 루의 어린 시절이 기득권에 기반했다는 생각을 선제적으로 불식하려 드는 대목에서처럼. "'기득권'은 판정이다. '기득권'은 의견이다. '기득권'은 고소다. '기득권'은—〔퀸타나가〕 감내한 걸 생각하면, 뒤이은 일들을 고려하면—내가 여전히 선뜻 시인할 생각이 없는 영역이다." 유감스러운 발언이었다. 디디언이 기록한 "뒤이은 일들"—지극히 사랑했던 남편의 죽음에 잇따른 퀸타나의 죽음—이 그가 다루면서도 부인하는 한층 더 흥미로운 주제, 즉 경제적 기득권이 모든 고난으로부터 보호해 주는 건 아니라는 점을 분명히 강조하고 있기에 더더욱.

난 내 경험을 펼쳐 보이고 나라는 사람이 생각하고 사유하는 방식을 수행하는 것에 흥미를 느낀다. 내 경험과 생각의 가치가 어느 정도 되는지와는 별개로. 그리고 내 넘쳐 나는 기득권도 선뜻 시인하고 싶다—기득권이 "선뜻 시인할" 수 있는 것, 그러니까 "한번 시인하고 나면 그만인" 것이라는 생각 자체가 어이없지만 않다면. 기득권은 침윤하고, 기득권은 구조화한다. 그러나 동시에 나는 어느 특정 입장이나 지향이 타당하고 하물며 정당한지를 두고 언쟁하는 데 이만큼 흥미를 덜 느낀 적도 없다. 본인의 군림을 배반하고 본인의 성, 계급, 본인의 다수자성을 배반하기 위해서 말고 달리 글을 쓸 이유가 있나요? 그리고 또한 글쓰기를 배반하기 위해서 말고요. _{들뢰즈/파르네}

단언에 대한 두려움. '전체화'하는 언어, 곧 구체와 세부를 함부로 깔아뭉개는 언어로부터 항시 벗어나려 하는 것. 그리고 이 또한 불안 강박의 다른 형태임을 깨닫는 것. 바르트는 이 돌고 도는 회전 목마로부터의 탈출구를 "단언하려 드는 건 그he가 아니라 언어다"라고 스스로 되뇌어

상기시킴으로써 찾았다. "언어에서 나온 어떤 것도 언어
를 떨게 만들지 못하는데도 문장마다 유보를 표하는 작
은 구절을 덧붙"여 가며 언어의 단언하는 특성에서 도망
치려 드는 건 부조리하다고 바르트는 말한다.

내 글에는 이러한 유보와 불확신의 흔적이 수두룩하다.
그에 대한 변명도 해결책도 딱히 없다만 적어도 난 스스
로에게 그 떨림만큼은 허용하는 편이고, 이후에 글로 돌
아가 그 부분들을 쳐낸다. 이런 식으로 나는 나 자신을 편
집해 내재적이지도 외래적이지도 않은 대담함을 빚는다.

종종 이런 접근과 그에 결딸린 젠더화된 짐과 응어리에
지치기도 한다. 여러 해에 걸쳐 난 내가 쓰는 거의 모든 업
무 이메일에서 *죄송합니다*라는 말을 지우도록 스스로 단
련해야 했다. 그러지 않았다면 내 이메일은 모두 늦어 죄
송합니다, 혼란을 끼쳐 죄송합니다, 뭐가 됐건 죄송합니
다로 시작했을지 모른다. 걸출한 여자들이 사과하는 소리
를 들으려거든 그들이 나온 인터뷰 기사만 보면 된다. 그렇
다고 사과가 지닌 힘을 폄하할 의도는 아니다. 진심일 때
는 미안하다는 말을 꼭 넣는다. 강연자와 발언자 중에 더
많이 떨고, 모름을 더 인정하고, 더 많이 사과하는 모습을
보이면 좋겠다 싶은 사람이 많은 건 당연하고.

스타이너의 「강아지와 아기」를 보면서 나는 낸 골딘의
1986년 '시각 일기' 작품 「성적 의존의 발라드」The Ballad

모니크 위티그

of Sexual Dependency를 떠올리지 않을 수 없었다. 이 역시 작가의 친족을 구성하는 여러 친구와 연인과 전 애인을 간증하는 사진 시리즈인데, 제목이 암시하다시피 두 작품의 분위기는 아주 뚜렷이 구분된다. 「강아지와 아기」에서 가장 골딘다운 사진은 무용수 레일라 차일즈(스타이너의 전 애인)를 초점에서 벗어나게 찍은 실내 사진으로, 여기서 차일즈는 어둑한 붉은 빛을 받으며 옷을 반만 입은 채로 카메라를 멍하니 바라보고 있다. 하지만 「발라드」 시리즈에서처럼 얼굴이 눈물로 가려지거나 최근에 얻어맞은 자리에 멍이 져 있는 대신, '핸즈 프리' 유축용 브래지어와 자동 유축기를 이용해 젖을 짜고 있다.

많은 여자에게 모유 유축은 지극히 사적인 활동이다. 또한 신체적으로 그리고 감정적으로 까다로운 활동일 수도 있는데, 수유하는 어머니에게 자신의 동물 지위를 상기시키기 때문이다: 그저 또 하나의 포유 동물이로구나, 젖샘의 젖을 뽑히고 있는. 그런데 유축기 사용 설명서(그리고 젖 분비 포르노)를 제외하면 젖을 압착하는 모습을 담은 이미지를 여간해서는 찾아보기 어렵다. 초유, 젖 사출, 후유와 같은 용어는 잃어버린 대륙의 상형 문자처럼 인생에 들이닥친다. 그래서 스타이너가 든 카메라의 존재가, 그리고 피사체의 꾸준한 응시가 거슬리는 동시에 두근거리게 다가오는 거다. 골딘과 같은 사진 작가들이 (또는 라이언 맥긴리나 리처드 빌링엄이나 래리 클라크나 피터 후자나 조이 스트라우스가) 위험, 고난, 병, 허무주의, 비체성을 환기함으로써 작품을 보는 우리로 하여금 극도로 내밀한 무언가를 언뜻 보았다는 느낌을 주는 걸 생각하면 더더욱 그렇다. 스타이너가 찍은 차일즈의 내밀한 초상 사진에서 체액의 의도된 전달은 양분의 제공을 나타낸다. 누가 상상이나 했겠어.

그럼에도―모유 유축이 양분에 관한 것이기는 해도 딱히 함께함communion을 의미하는 건 아니다. 인간 어머니는 아기 곁에서 직접 수유할 수 없을 때―선택에 의해서건 필요에 의해서건―젖을 압착한다. 따라서 유축은 거리를, 모성의 유한함을 인정하는 것이기도 하다. 하지만 이는 최선의 의도가 깃들고 밴 분리이자 유한함이다. 젖이 있든 없든, 흔히 이것이 우리가 줄 수 있는 최선이다.

언젠가 나는 내가 쓴 어느 책을 언급하며 그 책의 절반은 술을 마시며, 그리고 절반은 술을 끊고 썼다고 암시한 적이 있다. 이 책은 전체 분량 중 10분의 9 정도는 '자유'의 상태에서, 나머지 10분의 1은 전동 유축기를 매단 채로 썼을 거라고 어림잡아 본다. 후자의 경우 한 기계로는 단어를 내뿜고, 다른 기계로는 젖을 뽑히면서.

모유로 영양분뿐 아니라 독성분까지 전달하는 어머니를 일컬어 '유독한 모성'이라 한다. 독성분을 거부하려면 영양분도 거부해야 한다. 인간의 모유가 이제 도료 희석제부터 드라이클리닝 세정제와 화장실 방향제와 로켓 연료

와 살충제와 발화 지연제까지 실제 독극물을 함유하고 있음을 생각하면 말 그대로 우리에겐 탈출구가 없다. 유독함은 이제 정도의 문제, 단위당 수용 가능한 농도의 문제다. 갓난아이에게는 선택권이 없다―생존하고자 몸부림치면서 취할 수 있는 걸 취할 뿐.

이 진퇴양난에 대해 딱히 고민하지 않고 살다가, 뉴욕시 관광 책자에 '흡연자를 위한 낙원'으로 정기적으로 소개되는 어느 술집에서 여러 해 일한 뒤에야 이런 사실에 생각이 미쳤다. 담배만 피웠다 하면 몸이 너무 힘들어 그곳에서 일을 시작하기 몇 달 전부터 금연을 했는데, 일을 시작하고 얼마 지나지 않아 다른 사람의 담배 연기만으로 분비샘이 붓고 호흡 곤란이 와 침술사의 도움을 받으며 수백, 어쩌면 수천 달러를 탕진하는 처지가 됐다. (결국은 블룸버그 시장의 실내 흡연 금지 조치가 발효되기 한 달여 전에 일을 그만뒀다. 일을 관두기 직전에는 흡연 반대파의 대의를 거드는 인터뷰에 아무도 모르게 응하기도 했다.) 당시 내 불평을 들은 사람들은 내게―현명하게도!―그냥다른 일자리를 알아보지 그래? 뉴욕시에 식당과 바가 얼마나 많은데, 라고 말했다. 내 심리 상담사는―상담을 계속받기 위해 나는 바에서 일하는 시간을 늘려야 했다―돈 많은 집 아이들을 상대로 대학 시험 과외를 하는 건 어떻겠냐고 물어 주먹을 날리고 싶게 만들었다. 설명한들 통했을까? 이미 난 뉴욕시 식당 수백 군데서 일해 봤고 그런 끝에 마침내 (다른 예상 가능한 선택지인) 시간 강사로 한 학기 일하고 버는 수입보다 더 많은 돈을 일주일 안에 버는 지점에 이른 거였는데. 내가 병아리 캐런 실크우드*라 도 되는 양 이런 생각도 했다. 그렇게까지 해롭지는 않으니까 '저들'도—'저들'이 누구건 간에—내가 계속 일하게 두는 거 아닐까?

하지만 실제로 그 정도로 해로웠다. 매트리스 밑에 꿍쳐 둔 지폐는 담배 연기에 찌들다 못해 거의 젖은 상태였고, 월세를 내는 날이 오도록 눅눅하게 남아 있었다. 그 일자 리가 돈 말고도 당시 내게 절실했던 것을 마련해 주었음을 이제는 알겠다. 나보다 (적어도 겉보기에는) 상황이 더 나쁜 알코올 중독자들의 꾸준한 동반을. 지금도 눈앞에 선하다. 우리가 롤링 락스 맥주와 스톨리 보드카 숏을 내 주고 월스트리트에서 나온 적잖은 금액을 팁으로 챙기면 필름이 끊길 때까지 술을 마시다 날 밝을 때쯤 택시 뒷좌 석에 실려 들어가던 말 없는 주인, 할라페뇨 피클을 담근 보드카를 냉커피에 녹여 낸 숏(우린 이 숏을 스웨덴 볼이라 불렀다)을 연이어 들이켜던 펑크한 스웨덴 손님들, 잘 나가는 효과음 편집자의 썩은 치아, 허리케인을 몇 잔 마 시더니 난데없이 허리띠를 풀어 같이 식사하던 사람 하 나를 채찍질하기 시작한 남자, 자동차용 유아 좌석에 아

* Karen Silkwood(1946~1974). 미국의 화학 실험 기술자이자 노동 조합 활동가. 오클라호마의 원자력 연료 가공 시설에서 일하던 중 근로 환경의 안전 보건 기준 위반에 대해 미국 원자력 위원회AEC에 증언했고, 이후 플루토늄 중독이 된 사실을 알게 됐으나 의문의 자동차 사고로 사망했다. 이후 그의 삶을 다룬 영화 「실크우드」(마이크 니컬스 연출, 1983)가 만들어지기도 했다.

기를 태운 채 바 아래 내려놓았다가 깜빡하고 그냥 가 버린 여자… 그이들에 비하면 나는 그래도 버젓한 상태라고 쉽사리 생각한 결과, 알코올이 내게 유독하기보다는 소중하다는 믿음을 몇 년 치 더 확보할 수 있었다.

교감에 기반한 애착 관계가 전무한 '나'는 허구이거나 광기다. [⋯] [그럼에도] 의존은 친밀한 관계에서조차 멸시의 대상이 된다. 자립을 가능케 하는 유일한 것임에도 의존은 관계와 양립할 수 없다는 듯이 업신여김당한다.

애덤 필립스/
바버라 테일러

이 멸시를 나는 엄마에게 배웠고 어쩌면 내 모유에도 같은 독성이 배어 있을지 모른다. 그런 만큼 다른 사람들의 필요에 거부감을 느끼는 내 성향을 경계해야 한다. 의존을 경멸해 따르는 필연적인 버릇: 내 자존감의 대부분을 고도의 능력 발휘에서 끌어내는 것, 내 자립도가 완전에 가깝다고 비합리적이지만 열렬하게 믿는 것.

네가 좋은 학생인 건 마음의 짐과 응어리가 전혀 없어서야. 언젠가 교사에게 이런 말을 들은 적이 있다. 그 순간, 평생 연마해 온 내 기만이 완벽한 경지에 이르렀다고 느꼈다.

이런 속임수에 구멍을 내는 것. 이것이 유해한 무엇인가에 사로잡혀 있음을 깨달을 때 얻는 선물이다. 사람을 녹초 만드는 자립성 대신 의존을 불쑥 시인하고 나면, 긴장

156

이 누그러지며 몸이 풀린다. 그래도 웬만해서는 속엣것은 잘 담아 두려 언제나 애쓰겠지만, 보다 가시적으로 풀어헤쳐지고 아파하는 사람보다 월등해 보이려고 내 이런저런 의존을 숨기는 데는 더 이상 관심이 없다. 대다수의 사람이 어느 시점에 이르면 아무것에도 사로잡히지 않는 것보다, 그리해 자기 존재와 되어 감의 조건을 잃지 않는 것보다 빈약하거나 폭력적인 것에 사로잡히는 편이 [⋯] 낫다고 결심하기에 이른다. 지금의 내가 그 지점에 있지 않은 게 기쁘지만, 그 지점에 있었다는 것, 그게 어떤지 안다는 것 또한 기쁘다.

버틀러

세지윅은 복수화주의자로 유명했고 넘침과 풍성함에 대한 본인의 애호를 "뚱뚱한 예술"이라 이름 붙이고 축하한 최대주의자였다. 나도 이 뚱뚱한 예술을 축하한다. 비록 실천에 있어서는 연쇄 최소주의자에 더 가깝지만—아무리 생산성이 좋다 해도 나는 결국 농축 공장에 몸담은 사람이다. 어쩌면 철학자나 복수화주의자이기보다는 경험주의자일 테다. 내가 지향하는 게 영원하거나 보편적인 것의 재발견이 아니라 새로운 걸 낳는 조건을 탐색하려는 의도(창의성)인 이상은.

들뢰즈/파르네

난 스스로를 '창작하는 사람'으로 생각해 본 적이 별로 없다—내 유일한 재능인 글쓰기도 늘 창작보다는 명료화하는 과정으로 다가왔다. 하지만 이 정의를 다시 찬찬히 생각해 보는 과정에서, 내가 나도 모르게 창작적일 수 있는 건 아닐지 (혹은 퀴어하거나, 행복하거나, 보듬어질 수 있는 건 아닐지) 묻게 됐다.

그 정도면 충분해. 이제 그만해도 돼. 고통스러운 순간마다 세지윅은 이 말이 그토록 듣고 싶었다고 했다. (충분히 아팠고, 충분히 과시했고, 충분히 달성했고, 충분히 말했고, 충분히 노력했고, 충분히 썼고, 충분히 살았어.)

아이를 키우는 과정의 너름. 아이가 그 전까지 자리가 없던 곳에 말 그대로 공간을 만들어 내는 방식. 흉골 주위로 갈비뼈가 서로 맞물리던 곳에 불거진 연골. 윗몸을 좌우로 돌릴 때 흉곽 아래쪽이 미끄러지는 생소한 감각. 재배치된 내장, 위로 밀쳐지는 허파. 급기야 밖으로 비어지고 때가 끼면서 그 바닥을 드러내는 배꼽―배꼽도 결국 유한했구나. 출산 이후 가칠해진 회음부의 느낌, 가슴이 모유로 한꺼번에 가득 찰 때의 오르가슴과 흡사하면서도 세찬 빗줄기만큼 아프고 격렬한 느낌. 한쪽 유두를 아이가 입에 물고 있을 동안 막을 길 없이 젖을 뿜는 반대편 유두.

대학원에서 제임스 스카일러의 시에 관한 글을 쓸 때, 지도 교수가 지나가는 말로 내가 스카일러의 이완된 상태에 유난히 주목하는 것 같다고 했다. 남자 지도 교수의 이 지적에 자책감이 들었다. 지도 교수가 내가―벽장에 숨은 밸러리 솔래너스라는 셈으로―스카일러를 중성화하거나 거세하려 든다고 생각하는 상황인 듯이. 내겐 그런 의도가, 적어도 의식적으로는 없었다. 단지 스카일러가 특히 장시에서, 발화와 창작에의 충동을 '승화된 욕정'식의 전형적인 욕망의 동의어로서가 아니라 있는 그대로 수행하고 있는 점이 좋았을 뿐이다. 스카일러의 눈이 크루징하는 눈이었던 건 맞다(예컨대 식품점에서의 장면: "카트 하나 / 냉큼 낚아 바퀴 끌며 / 진열대 사이를 누볐다, 상대를 정면에서 / 제대로 볼 셈으로 얼마나 / 잘 달렸고 얼굴은 어떻게 생겼는지"). 하지만 내가 보기에 그의 시학에는 권력에의 의지가, 심지어 도착에의 의지도 없었고 이 점이 신선하고 인상 깊었다. 그의 시는 위세 등등하게 시들어 있다. 스카일러 본인이 찬사를 바친 여러 꽃처럼.

이 시듦이 화학적인 뿌리에 일부 기대어 있을 수는 있다. 「시의 아침」The Morning of the Poem에서 스카일러는 이렇게 말한다. "기억해 / 의사가 한 말: 그러고 있어: 기억하고 계속한다 / 입에〔술〕대지 않기: 그렇게 / 힘들지도 않아 (힘은 무슨): 그거 알아 / 앤터뷰스의 부작용 하나가 / 발기 불능이란 걸? 뭐 나야 꼭 약 때문에 / 그렇다고 할 순 없지만." 절정에 이른 말미에 뿜어져 나오는 건 정액이 아닌 소변이다. 스카일러는 오래전 언젠가 파리에서 페르노를 마시며 취한 밤을 떠올린다. "해냈다: 거기, 소변기와 마주 선 내가 있었다: 난 / 지퍼를 천천히 내리고 오른손을 넣었다 / 틈새: 끔찍한 트라우마, 도저히 수가 안 보였다 / 잔뜩 부푼 연장을 다른 손으로 옮길 도리가 / 그대

로 뽑지 않고는 (옷에), 모세가 바위를 쳤을 때처럼: 그래
서 / 그냥 질렀다: 파리가 온통 소변에 잠겼다, 내 셔츠와
바지와 옅게 탄 살도 물론."

「시의 아침」은 스카일러의 다른 여러 시와 마찬가지로 뉴
욕주 이스트 오로라에 있는 어머니 집을 배경으로 한다.
그가 회상과 일화를 넘나들 동안 어머니는 집 안을 돌아
다니며 밤새 라디오를 틀고, 식탁에 그릇을 *정확히 이렇게*
차려놓고, 늘 보는 TV 프로를 보고, 쓰레기통에 들어간 스
컹크의 크기에 대해 농담을 하고, 비가 오는데 창문을 열
어 두고 싶어 하는 스카일러와 티격태격한다("뒷정리는
내 몫일 거 아니냐"라는 어머니들의 익숙한 후렴구를 내뱉
으며). 스카일러의 또 다른 장시 「며칠」A Few Days은 어머
니 이야기를 종결지으며 다음 행으로 마무리한다: "마거
릿 데이지 코너 스카일러 리드노어, / 편히 쉬시길, / 지난
한 여정 모두 마쳤으니."

내 마음속 깊은 곳에 자리한 복수 젠더 어머니 중 상당수
가—스카일러, 긴즈버그, 클리프튼, 세지윅—살집 좋은
사람이었거나 사람인 점에 잠시 멈추어 경의를 표하는
게 중요할 것 같다. ("내가 '우린 잘못되지 않았다'고 말할
때 내가 말하는 우리는 누구인가?" 시인이자 문화 이론가
인 프레드 모튼은 묻는다. "뚱보들이다. 아무리 정밀한 위
치에 있어도 나침반의 범위를 벗어나는 이들 〔…〕 내 사촌
들이다. 내 친구들 모두다.") 또는 시인 CA콘래드가 썼듯

"백인 쓰레기의 자손은 돈 있는 사람들은 납득하지 못하는 장점을 누리기도 한다. 의사며 은행가 부모를 둔 친구들이 (반항하는 와중에도) 두려움에 잡혀 사는 걸 너무 오랫동안 봐 왔다. 충분히 이루고 달성하지 못하고, 충분히 선하지 못하고, 충분히 깨끗하지 못하고, 무엇보다도 충분히 날씬하지 못하다는 공포에 〔…〕 자 그럼 난 이만, 마술 턱을 가진 건방진 친구가 손수 만든 초콜릿 푸딩과 휘핑 크림 한 캔 들고 놀러 온대서요!"

그럼에도 내 아담하고 마른 몸이 말 그대로 내 자아감, 심지어 자유에 대한 내 감각과 얼마나 오래 연루해 왔는지 시인하지 않고 넘어가는 건 정직하지 못한 일일 테다.

이건 충분히 예상할 만한 일이다―내 엄마와 엄마 쪽 친척 모두 삐빼 마른 몸에 집착하고 그걸 신체적, 도덕적, 경제적 피트니스 곧 알맞음의 지표로 여기니까. 약간의 군살도 허용치 않으려는 엄마의 평생에 걸친 집착과 실제로 마른 몸은 한때 언니와 나를 배태했다는 사실마저 의심하게 만들 정도다. (난 이기 하나를 키우기 위해 체중을 24킬로그램 불렸는데, 이 숫자에 엄마는 경악했고 그에 난 뒤늦은 반항의 쾌감을 누릴 수 있었다.) 한번은 엄마가 식당 벽에 비친 그림자를 본인 그림자로 알아차리지 못하고 해골 같다고 말한 적도 있다. 다들 어찌나 뚱뚱한지 좀 봐, 엄마는 고향인 미시간을 방문할 때마다 입을 크게 벌리고 말한다. 엄마에게 마른 몸은 본인이 출세해 그곳에서 벗어났다는 증거다.

글 작가란 자기 어머니 몸을 갖고 노는 이다. 나는 글 작가고 고로 내 엄마의 몸을 갖고 놀아야 한다. 스카일러도 그러고 바르트도 그러고 콘래드도 긴즈버그도 그러는걸. 그런데 왜 내겐 이리도 힘들까? 어느새 나도 내 몸을 어머니로 알게 됐고 다수의 낯선 사람이 지닌 몸도 내 어머니로 상상할 수 있게 됐음에도(초보적인 불교 명상법), 여전히 엄마의 몸을 내 어머니로 상상하기가 너무나 어렵다.

아빠의 몸은 쉽게 떠올릴 수 있다, 돌아가신 지 30년이 지났어도. 샤워하는 아빠의 몸—햇볕에 그을린, 붉은, 수증기가 모락모락 피어나고, 노래하는. 머리 뒤쪽의 약간 기름진 곱슬 머리도 보인다. 이제는 이기에게서 볼 수 있는 고수 머리. 아빠가 회색 케이블 니트 스웨터, 낡은 리바이스, 정장을 입은 모습도 기억할 수 있다. 아빠는 열기와 기운과 희열과 섹슈얼리티와 노래로 빽빽했다. 나는 아빠를 알아봤다.

난 엄마가 아름답다고 생각한다. 하지만 엄마 스스로 지닌 본인 몸에 대한 부정적인 감정이 역장을 형성해, 그 몸에 대한 감상과 감탄을 밀쳐 낸다. 엄마의 자평을 줄줄이 읊자면: 가슴, 너무 작아. 엉덩이, 너무 커. 얼굴, 새 같아. 팔뚝, 늙었어. 나이만의 문제도 아니다. 엄마는 본인의 아기 때 사진을 보고도 외모를 폄하한다.

왜 스스로 아름답다고 여긴 적이 없는 건지 모르겠다. 언젠가는 그러하길 바라며 내가 여태 기다린 것도 같다. 그러한 자기애가 가능해지면 엄마의 몸이 내게 접근 가능해질 거란 듯이. 하지만 이제 와 깨닫는다. 엄마가 본인의 몸을 이미 내게 주었음을.

가끔은 사경을 오가는 엄마를 상상하는데, 그럴 때면 엄마의 몸이 온갖 세세한 구체성을 띠고 내게 밀려들리라는 걸 안다. 그 홍수에 내가 어떻게 살아남을지 모르겠다.

난 햄릿이 늘 재수 없었다. 어머니가 재혼했다고 여성 혐오적으로 침울해져 어정거리는 꼴이 싫었다. 하지만 내 안에도 햄릿의 씨앗이 들어 있음을 안다. 그 증거도 있다. 어릴 때 일기장에 쓴 글에서 부모님의 결혼을 파경으로 이끈 엄마와 새아빠의 불륜에 언젠가 복수하고 말리라 다짐했으니까. (아빠가 이른 나이에 세상을 뜬 건 불행히도 그 뒤 얼마 지나지 않아서였다.) 일기장에 난 언니와 함께 영원히 죽은 아빠 편에 설 거라고 맹세했다. 배신당하고 가슴이 산산조각 난 채로 이제 천국에서 우리를 내려다보고 있을 아빠의 혼령 편에.

햄릿처럼 나 역시 근본적으로 낯선 사람인 새아빠보다는 엄마에게 더 화나 있었다. 새아빠는 우리 집에 흰 바지를 입고 페인트칠을 하러 오고 아빠가 출장 가고 없는 날은 간혹 저녁 늦게까지 집에 머물던 젊은 칠공이었다. 그런 저녁이면 언니와 나는 그와 엄마를 위해 촌극이나 춤을 연습해 선보였다. 왕비와 대리 왕을 위해 재롱떠는 어

163

릿광대들처럼. 그리고 오래지 않아 엄마와 그는 결혼했다. 고개 숙여 기도하자는 목사의 말에 난 보초병처럼 머리를 꼿꼿이 세웠다.

엄마가 새아빠와 결혼한 동안은, 모성의 몸이 욕망하는 몸으로 대체된 것만 같았다. 나는 새아빠가 엄마의 욕망의 대상에 그치지 않음을 알아차렸다. 엄마가 새아빠를 곧 본인의 욕망으로, 육화된 욕망 *자체*라고 믿는다는 사실을 깨달았다. 이런 믿음 때문인지 엄마는 새아빠가 20여 년 후에—문을 나서면서도 그간의 온갖 불륜과 배신을 나열하며—본인 곁을 떠났을 때 크게 좌절했다.

엄마를 그토록 참담하게 무너뜨린 그가 미웠다. 그토록 참담하게 무너진 엄마가 미웠다.

내가 10대가 되었을 때 엄마는 아빠를 떠난 이유를 좀 더 어른스러운 말로 내게 설명하려 들었다. 하지만 당시 열세 살이던 나로서는 엄마가 "희열을 맛볼 기회를 얻고자" 아빠를 떠나야만 했다는 개념을 어떻게 받아들여야 할지 알지 못했다. 내 눈에는 아빠가 지구상에서 가능한 모든 희열을 가진 인물로 보였고 아빠의 죽음은 이 인상을 더 깊게 각인했다.

왜 아빠로 충분하지 못했어? 내가 묻자 엄마는 이렇게 대답했다. 너희 아빠는 나보고 나가서 일하는 건 좋은데 대신 아침에 자기가 입고 출근할 셔츠는 꼬박꼬박 다려 놓으라고 했어. 이 말에도 내 안의 페미니스트는 동요하지 않았다. 그럼 엄마도 이제 당신 셔츠 다림질하는 건 그만하고 싶다고 확실히 말하고, 거기서 또 대화를 이어 갔으면 됐잖아.

새아빠가 급기야 떠났을 때, 언니와 나는 상실감만큼이나 큰 안도감을 느꼈다. 불청객이 드디어 배출된 것이었다. 뒤로 하는 어머니는 녹아 사라지고 마침내 모성적 몸이 다시 우리 차지가 되리라.

그러니 엄마가 불과 몇 년 만에 다시 재혼할 거라고 선언했을 때 허를 찔린 기분이었을 수밖에. 엄마와 엄마의 남편 될 사람이 이 소식을 저녁 파티 자리—놀랍게도 이 소식을 알리기 위한 목적으로 마련된 자리—에서 우리에게 전했을 때, 난 화가 나 얼굴이 시뻘게진 언니가 붙들 지푸라기 하나, 아니 어쩌면 자기를 붙들어 줄 지푸라기를 찾으려 이리저리 덤비는 걸 봤다. 근데 결혼식이 *6월*이면 난 안 가, 언니는 식식대며 말했다. 누가 6월에 결혼해, 얼마나 더운데. 6월에 하면 *난 안 가*. 언니는 두 사람이 계획한 순간을 망치고 있었고, 난 그런 언니를 사랑했다.

하지만 이번에는, 적어도 내가 가늠할 수 있는 한, 엄마는 남편을 무척 사랑하면서도 엄마 본인의 욕망의 화신으로 만들지는 않은 듯하다. 그리고 엄마 남편도 내가 가늠할 수 있는 한은 엄마가 자기 비하를 할 때 그만두라고 타이르지도, 그렇다고 부추기지도 않는 듯하다. 그저 엄마를 사랑할 따름이다. 난 그분을 보며 배우는 중이다.

이기를 낳고 24시간쯤 지났을 때, 이기의 청력을 검사해 준 친절한 병원 직원이 배에 두를 널찍한 흰색 탄성 붕대를 줬다. 특대형 에이스 붕대에 찍찍이 허리띠가 달려 있었다. 붕대가 얼마나 고마웠는지 모른다. 복부 주변이 바닥으로 주르륵 쏟아져 내릴 것만 같았으니까.

끝없이 추락하며 산산이 조각나기. 어쩌면 이 허리띠가 배를, 나를, 온전히 유지해 줄지도. 붕대를 건넨 병원 직원이 한쪽 눈을 찡긋하며 말했다. 아름다운 우리 조국을 지키는 데 한몫하신 것에 감사드려요.

난 새로운 코르셋을 두르고 비실거리며 병실로 돌아갔다. 고마운 마음에 어느새 당혹감의 반점이 얼룩졌다. 내 한몫이 뭔데? 아이를 낳은 것? 복부가 마냥 퍼지지 않게 조치를 취한 것? 산산이 조각나지 않은 것?

어쨌거나 이 녹아내림은 무시무시한 경험이다. 임신한 동안 팽팽했던 살이 피자 반죽처럼 늘어진다.

내 몸을 뺏긴 거라 생각하지 마세요. 산후 조리 정보를 정리한 한 웹사이트의 조언이다. 내 몸을 아기한테 준 거라 생각하도록 해요.

난 아기한테 몸을 준 거야. 난 아기한테 몸을 준 거야. 실은 돌려받고 싶은지도 잘 모르겠고, 애초 몸을 소유하기나 했던 건지도 잘 모르겠다.

산후의 혼미한 상태가 계속될 동안 나는 AOL 시작 페이지(그렇다, AOL)에 들어가 이런저런 셀럽이 출산 후 몸매 또는 성욕을 되찾았다는 유의 기사를 건성으로 클릭해 가며 보냈다. 이런 기사들은 단조로운 만큼 봇물을 이룬다. 누가 임신했고 누구 배가 나오기 시작했고 누구의 인생이 더없이 기적적이고 더없는 갈망의 대상인 아기의 머지않은 도래로 송두리째 달라질 것인지에 대한 집착과, 이 집착이 순식간에 역전해 이번에는 인생을 송두리째 바꾸어 놓을 아기를 뱄던 흔적이 얼마나 빠르게 증발할 수 있는지, 그리해 산모의 커리어와 성생활과 체중이 얼마나 빨리, 마치 아무 일도 없었던 듯이 회복될 것인지에 대한 집착이 연잇는다.

산모가 어떻게 느끼고 무엇을 하고 싶어 하는지 누가 신경 쓰랴. 장기를 들쑤시고 여러 신체 부위를 도무지 납득이 안 될 정도로 늘여 놓고 생사를 오가는 길목을 통과하게 만든 막대한 신체적 사건을 인간에게 허용된 한 가장 빠른 시일 내 털고 일어나는 게 배우자로서 그의 의무인걸. "결혼했거나 결혼을 앞둔 분들이 이혼으로부터 결혼을 구하려 적극적으로 노력하는 일을 거들고자" 한다는 자칭 '결혼 선교단' 기독교 웹사이트에 올라온 글이 말하

듯: "온종일 다른 사람들의 필요에 부응하며 보내는 게 제일과 같았어요. 아이들을 돌보는 일이건, 교회 일이건, 남편 옷가지를 빠는 일이건, 하루가 끝날 즈음이면 누군가의 필요에 부응하는 일은 생각도 하기 싫었죠. 베개와 잡지 생각만 간절했어요. 하지만 그때 하나님이 상기시켜 주셨죠: '남편의 필요에 부응했다고 하는데 그 "필요"가 과연 남편이 바라는 필요였을까?'" 답은 당연히 아니요!다. 이성을 되찾게 해 줄 잡지와 베개 따윈 거둬 두고 남편과 섹스하라고 자그마치 하나님이 분부하잖는가! 그러니 앓는 소리 관두고 얼른 섹스를 하게! 하나님이 말씀하신다, GGG 하라고!

GGG: 잘, 안 가리고, 주기Good, Giving, and Game. 이건 섹스 고민 상담 칼럼을 쓰는 댄 새비지가 고안한 약자로, "잠자리에서 잘한다", "뭐든 안 가리고 도전해 본다―도를 넘지 않는 범위 내에서", 그리고 "서로 동일한 시간을 들여 동일한 만족을 준다"를 의미한다. "한 사람하고만 관계를 유지하고 그 한 사람이 성적으로 모든 걸 충족해 주기를 기대하는 이상, 서로가 서로의 창녀 창남이 되어야 한다"고 새비지는 말한다. "뭐든 할 준비가 되어 있어야 한다."

이건 유익한 지침이고 내가 오랜 세월 지향해 온 목표기도 하다. 하지만 이제는 우리 모두에게 성벽에의 권리와 더불어 피로에의 권리 또한 있다고 생각한다.

뒤로 하는 어머니를 밀프MILF로 기꺼이 축약하고 마는 시대에 걷잡을 수 없이 무성한 '일탈' 성행위가 어떻게 래디컬함의 지표로 남을 수 있을까? 표면적으로는 스트레이트한 세상이 이리도 보조를 잘 맞춰 오는 판에 '퀴어'와 '성적 일탈'을 같은 축에 두는 게 타당하기나 한가? 성적 쾌락을 재생산적 기능과 불가분하게 엮여 있는 것으로 정말로 경험하는 사람이 스트레이트한 세상에 과연 있기나 한가—완고한 종교적 보수주의자 한 줌을 빼면? 이른바 '스트레이트' 포르노 사이트에 올라오는 끝없는 페티시 목록을 최근에 본 사람이 있기는 한지? 당신도 내가 오늘 아침에 접한 질베르토 발레 경찰관의 재판 기사를 읽었을까? 퀴어함이 규범적인 성적 가정과 행위를 뒤흔드는 것과 관련 있다면, 섹스가 궁극의 목적이자 전부라고 생각하는 것도 이런 가정에 해당하지 않나? 폴 프레시아도가 맞는 걸까? 우리가 자본주의의 새로운 포스트포드주의 시대, 프레시아도가 "제약-포르노pharmacopornographic 시대"라 부르는 시기로 접어든 걸까? "다중의 만족을 모르는 몸들—그들의 좆과 클리토리스와 항문과 호르몬과 신경-성적 시냅스와 〔…〕〔우리의〕욕망, 흥분, 섹슈얼리티, 유혹, 그리고 〔…〕 쾌락"이 주된 경제적 자원인 시대로?

프레시아도   이런 "새로운 형태의 섹시하고 향정신적인 펑크 자본주의"의 초고속 속력을, 그것도 지금 내가 선 이 고단한 길에서 마주하면, 성적 흥분을 탈진과 맞바꾸고 싶은 마음만 자라난다. 내 처지와 싸울 수도 없기에 적어도 당분간은 그로부터 배우려 한다. 그렇게 또 하나의 나를 벗는다.

세지윅을 처음 만난 건 '비오이디푸스적 심리학 모델들' 이라는 대학원 세미나에서였다. 세지윅은 자기는 더 행복해지고 싶어 상담을 받기 시작한 사람이라고 소개 삼아 선언했다. 무서운 헤비급 이론가가 이런 걸 시인하는 경험이 내 인생을 바꾸어 놓았다. 이어서 그는 잠깐 토템 동물 게임을 하며 서로 알아 가는 시간을 가졌으면 한다고 아무렇지도 않게 말했다.

토템 동물? 내가 샌프란시스코 헤이트 애시베리에서 보낸 소싯적과 그곳의 몽롱한 공기를 등지고 하드코어하고 지성적인 뉴욕으로 도망친 것도 그런 게임에서 벗어나기 위해서였건만, 박사 과정 강의실 한복판에서 또 토템 동물 게임을 하게 생겼다니? 이 게임은 차디찬 깨달음의 손가락으로 내 정체성 공포를 적나라하게 짚어 보여 주었다. 이런 게임에 관여하는 순간, 색인 카드와 유성 펜, 옷핀 달린 명찰의 등장이 멀지 않으리라는 공포.

이런 두려움을 예상했는지 세지윅은 게임에 일종의 '아웃'이 있다고 설명했다. 각자 선호에 따라 아무 동물 이름이나 대도 상관없다고. 그러니까 일종의 허위 정체를 들어도. 예를 들어 '진짜' 토템 동물이 있어도 그 정체를 밝히지 않고 혼자 간직하고 싶으면 다른 걸 대도 된다는 말이었다.

나는 진짜 토템 동물도 가짜 토템 동물도 없어서 한 사람씩 돌아가며 이야기할 동안 식은땀만 흘리고 있었다. 차례가 됐을 때 나는 수달이라는 단어를 트림하듯 뱉어 냈다. 이건 어떤 면에서는 진짜였다. 그 당시 난 내가 스스로 느끼기에도 그리고 실제로도 약삭빠른 사람이길 원했다. 작고, 번드르르하고, 민첩하고, 물뭍을 오가고, 재주 좋고, 유능한. 당시만 해도 나는 바르트의 『중립』이라는 책을 몰랐는데, 알았더라면 분명 내 인생의 주제곡 삼았을 거다. 교조주의 즉 어느 한 편에 서라고 으르는 압박을 맞닥뜨린 이에게 새로운 형태의 응수와 대응—도망치기, 모면하기, 사양하기, 조건을 바꾸거나 거절하기, 물러서기, 돌아서기—을 제공하는 게 곧 바르트의 중립이다. 그러니 수달은 복잡한 대역 내지 눈속임인 셈이었다. 필요시 스리슬쩍 빠져나올 수 있는 또 하나의 정체성.

하지만 내가 무엇이건 또는 그사이 무엇이 되었건, 슬그머니 빠져나가는 것만이 전부가 아님을 이제는 안다. 오래 익힌 회피성이 그 나름의 한계를 가지며 특정한 행복과 쾌락을 저만의 방식으로 억제하기 마련이라는 사실을 이제는 안다. 머무는 쾌락. 계속 요구하고 고집하는 쾌락. 의무의 쾌락, 의존의 쾌락. 보통의 헌신의 쾌락. 이미 깨달은 것을 새삼스레 다시 깨닫고 이미 적은 메모를 새삼스레 다시 여백에 기입하고 작업하면서 같은 주제로 다시 또 돌아가고, 같은 정서적 진실을 다시 또 배우고, 같은 책을 여러 번 다시 써야 할 수도 있으리라는 사실을 깨닫는 쾌락. 멍청하거나 고집불통이어서 혹은 변화할 여지가 없기 때문이 아니라 이러한 반복된 재방문으로 이루어지는 것이 곧 삶이기에.

"많은 사람이—분야와 무관하게—자기가 하는 일의 특정한 측면에서 즐거움을 얻는다." 세지윅은 언젠가 썼다. "그런데 사람들이 이 쾌락을 누리는 데 그치지 않고 공공연히 전시할 때 생겨나는 뭔가가 있다. 나는 그 뭔가가 생겨나도록 하는 데 관심이 있다."

이때 생겨날 수 있는 즐거운 일 중 하나는 쾌락이 점점 자라나는 동시에 그 자체를 목적으로 삼게 된다는 점이라고 그는 말한다. 더 느끼고 전시해 보일수록 쾌락은 더욱 증식하고, 더욱 가능해지고, 더욱 습관적인 것이 된다.

하지만 세지윅도 잘 알고 있었듯이, 그와 다른 보다 악랄한 모델들 또한 존재한다. 세지윅 본인의 삶에 이를 분명히 해 주는 유명한 예가 있었다. 세지윅이 유방암 진단을 최초로 받은 1991년에 그의 「제인 오스틴과 자위하는 소녀」Jane Austen and the Masturbating Girl가 집필을 채 마치기도 전부터 우파 문화 전사들의 힘으로 악명을 얻었다. (현대 언어 학회 프로그램에서 제목을 발견하곤 마구잡이로 덤벼들었던 거다.) 그는 "〔내〕 이름이 새겨진 학술지적 홀로그램"이 험악한 독설의 대상이 된 무렵에 병을 앓고 있다는 걸 알게 된 경험에 대해 이렇게 썼다. "이보다 더 순하게 표현할 방도가 생각나질 않는데, 살고 번창하고자

172

하는 욕망의 샘으로부터 그 어느 때보다도 깊이 들이마셔야만 하는 때에, 내 문화가 얼마나 소모적으로 그 자원을 고갈하고 있으며 그로 인한 누적 효과가 무엇인지 확연히 보여 주었다고밖에는." 이어서 그는 "퀴어 삶과 여성 삶에 대한 평결이자 가난하거나 백인 아닌 이들 삶에 내리는 평결임을 오인할 수 없게 만드는 수천 개 요소" 중 몇 가지를 댄다. 이 평결은 우리 머릿속에서 여러 목소리로 이구동성을 이룰 수 있고, 그러한 방식으로 병과 주눅과 폄하에 맞서 싸울 우리 역량을 억제하려 호시탐탐한다. "〔이 목소리들이〕 우리에게 말을 건다"고 세지윅은 쓴다. "놀랍도록 선명한 목소리로."

세지윅의 해석에 따르면, 그를 비난한 이들이 타락으로 간주한 건 단순히 그가 떠받들어지는 고전 작가를 자기 쾌락이라는 더러운 망령과 연관시켰다는 사실만이 아니었다. 그보다도 더 그들의 울분을 자극한 건 작가나 사상가가—세지윅이건 오스틴이건—자기 작업을 통해 기쁨과 낙과 보람을 누리며 그것을 공공연히 드러내고 자축하는 광경이었다. 거기에 한술 더 떠, 인문학은 물론 자본의 하나님에 이바지하지 않는 모든 사랑-열정에 기반한 노동의 목을 따는 데 전념하는 문화가 더더욱 용서하지 않는 것: 그런 무의미하고 변태적인 자기 일을 좋아하고 즐기며 심지어 그로 돈을, 그것도 잘, 버는 여자의 광경.

내가 아는 대부분의 작가는 원하는 대로 자기를 표현했

을 때 벌어질지도 모를 끔찍한 일들—또는 단 하나의 끔찍한 일—에 집요한 환상을 품는 편이다. (내가 작가 신분으로 가는 곳마다—특히 '회고록 저자' 드랙을 할 때—이런 두려움이 사람들 마음속에 가장 우선적으로 자리해 있는 듯하다. 무엇보다도 나쁜 결과가 따르지 않을 거라는 보장과 허락에 굶주려 있는 것 같다. 후자는 나도 주려 하지만 전자는 내 권한 밖에 있다.) 1969년에 살해된 엄마의 여동생을 소재로 한 내 책 『제인: 어느 살인 사건』*Jane: A Murder* 이 나왔을 때 나도 극심한 두려움을 앓았다. 이름하자면 작가로서 저지른 위범에 대한 벌로 나 역시 제인처럼 살해당할 거라는 두려움이었다. 그 책을 쓰는 과정뿐 아니라 의도하지 않은 후속작까지 쓰는 과정을 통해서야 나는 그 엉킨 매듭을 풀어 낱낱의 가닥을 바람에 흘려보낼 수 있었다.

그 책에서 다룬 내용은 이제 오래전 이야기고, 내 입장에서는 더더욱 그렇다. 여기서 다시 언급하는 이유는 이기를 배기 전 몇 달간 일종의 스토커가 내 일상을 방해했기 때문이다. 제인의 살인 사건에 집착하고 그에 대한 글을 쓴 내게까지 집착하는 한 남자가 연구실 음성 사서함에 녹음 메시지를 남긴 것이 발단이었다. "당해도 싼 일을 당했다"며 이모를 모욕적인 말로 불렀다. 구체적으로는 "꼴통머리"라고 불렀다. ('보지'나 '개년'에도 그만의 알알함이 있었겠지만, '꼴통머리'와 이 단어를 내뱉는 어린아이 같은 어조는 그것대로 또 경악스러웠다.)

이 소재와 그에 딸려 오는 여러 여파를 이미 적잖은 시간 동안 경험했기에 혼자서 끙끙 앓을 상황이 아님을 빠르게 파악하고 해리와 곧장 발렌시아 보안관 사무실로 향했다. 문을 열고 들어서자마자 맥이 탁 풀렸다. 경찰관 흉내를 내고 앉은 교외 출신의 몽실몽실한 10대 백인이야말로 우리가 이런 이야기를 맡기고 싶지 않은 부류의 남자였기에. 그래도 나는 보안관에게 자초지종을, 그러니까 1969년에 살해된 이모와 그 뒤에 내가 쓴 책 두 권과 그날 아침 내 연구실 음성 사서함에 남겨진 메시지를 아우르는 경위를 최대한 간략하게 설명했다. 그는 멀거니 내 이야기를 듣더니 선반에서 전화 번호부처럼 두꺼운 바인더를 끄집어내 빙하만큼이나 굼뜬 속도로 바인더에 철해진 서류를 넘기기 시작했다. 5분쯤 지나 그가 얼굴을 밝히며 말했다. "여기 있네요. *성가신 전화.*" 이어 이 두 단어를 신고서 양식에 대문자로 공들여 기입하기 시작했다. 그가 애쓰고 있는 사이, 다른 젊은 경찰관이 슬렁대며 다가왔다. 무슨 일이신데요? 그가 물었다. 나는 앞서 한 이야기를 되풀이했다. 그는 음성 사서함에 전화를 걸어 메시지를 들려달라고 했고, 녹음된 메시지를 듣고는 과장된 어조로 말했다. "아니, 이렇게까지 말할 이유가 뭐가 있다고?"

집에 돌아와 나는 '성가신 전화' 신고서를 서류 캐비닛 안쪽 깊숙이 집어넣었고, 그걸로 일단락이 되었길 바랐다.

며칠 후, 우편물을 찾으러 연구실에 들렀다가 학생 한 명이 손으로 써 보낸 편지를 발견했다. 학생은 일과를 방해

해 정말 미안하지만 이상한 남자가 날 찾아 캠퍼스를 돌아다니고 있어서 이 사실을 알려 줘야 할 것 같았다고 썼다. 그 남자가 교내 식당, 도서관, 보안 검색대에서 사람들을 멈춰 세워 가며 혹시 나를 아느냐고 묻고 내 이모의 살인 사건에 대해 강박적으로 늘어놓은 뒤 나한테 전할 긴요한 말이 있다고 이야기하며 다니고 있다고 했다. 결국 학과장이 이 상황을 전해 듣고는 부리나케 나를 본인 사무실로 데려갔고, 이후 네 시간 동안 난 문을 모두 걸어 잠그고 블라인드를 전부 내린 채 경찰이 도착하길 기다려야 했다. 미국의 초중고등 교육 현장에서 이런 경험이 한때 방해 요소였다면 이제는 빈번하다 못해 거의 상습적인 일로, 그것도 아주 급격히 자리매김해 가고 있다. 캠퍼스 보안 대원이 내게 편지를 보낸 학생 말고도 그 남자가 교정에서 말을 걸었다는 여러 사람을 심문한 뒤, 이런 인상 착의를 전해 왔다. "머리가 벗겨지기 시작한 50대 초반의 건장한 백인 남자로 각진 서류 가방을 들고 있었음."

남자가 교내를 방문한 지 48시간도 지나지 않아 나는, 예상하지 못한 극심한 스트레스에 대처하는 방법으로 영화에서 속기로 동원되곤 하는 수단을 실연해 보이듯, 끊었던 담배를 다시 물었다. 임신을 앞두고 내 몸을 사원처럼 다루며 나쁜 생활 습관도 아침마다 마시는 녹차 한 잔으로 줄인 2년간의 노력 끝에. 그런 내가 어느새 새로 장만한 집의 뒷마당—당장은 따끔거리는 잡초에 뒤덮인 네모난 땅일 뿐이고 우리가 임신과 출산 모험을 감행하는 데 비용이 얼마나 들지 알기 전에는 손대지 말자고 잠정 협

의한 뒷마당—에서 호신용 스프레이 한 통을 옆에 두고, 난자를 오그라들게 만들 니코틴을 흡입하고 있었다. 살면서 이보다 상황이 안 좋아 보였던 때가 없었던 건 아니지만, 이 순간도 나름 밑바닥 같았다. 그렇게까지 겁에 질린 동시에 허무주의에 빠진 적이 없었다. 나는 아기를 생각하며, 그리고 내가 얼마나 간절히 원하든 우리가 결코 누리지 못할 것만 같은 삶을 생각하며, 스토커의 존재가 입증한 것만 같은, 아무리 애써도 결코 달아날 수 없는 폭력을 생각하며 울었다.

뒤따른 며칠 그리고 몇 주간, 나는 기운을 쥐어짜 기증자 친구에게 전화로 이번 달은 건너뛰려 한다고 말했고, 산전 식이 요법을 재개하기 위한 씨름을 이어 갔다. 기쁘고 행복한 감정을 주는 것들로 다시 주의를 돌리려고도 했는데, 개중에는 나를 행복하게 만드는 내 모교, 뉴욕 시립 대학교에서 하기로 한, 역시나 나를 행복하게 만드는 세지윅에 대한 강연도 포함돼 있었다. 하지만 불안 강박적 사고가 반복해 읊는 주문—예기치 못한 불미스러운 일만큼은 없어야 해와 불안해하는 게 당연하지—이 이미 뿌리를 내린 터였다. 웬 산란한 사람이 날 찾아내 "긴요한 말"을 전할 때까지 마냥 기다리고만 있을 수는 없었다. 어떻게든 상황을 앞질러야 했다.

설명하려면 좀 어렵지만 어쩌다 보니 내게는 사설 탐정 친구가 많다. 그중 한 명이 우리 인근에 있는 사설 탐정의 전화 번호를 알려 줬다. 앤디 램프리란 남자로, 검색해 보니 '총체적 보안 솔루션'을 제공한다는 업체 웹사이트에 약력이 게재돼 있었다. "LAPD에서 형사로 29년 이상 근속하며 살인을 포함한 수많은 범죄 수사를 맡았고, SWAT의 상임 감독관을 지냈다. 마약 및 풍기 단속 법정 전문가 자격이 있으며, 전국적으로 위험 및 취약성 평가, 위협 및 관리 평가, 사기죄 수사를 진행한 경험이 다수 있다."

혹시 모를 일이니까—당신도 언젠가 앤디 램프리 같은 이에게 도움을 요청할 필요를 느낄 수도 있으니.

램프리를 통해 결국 맬컴이라는 남자를 소개받는다. 맬컴도 전직 LAPD로, 무기를 소지하고 밤새 위장 순찰차에 앉아 우리 집을 지켜 줄 수 있다고 한다. 우리가 원한다면. 우리는 원한다. 램프리가 하룻밤 경호비를 500달러 할인받을 수 있게 대신 협상해 주겠다고 한다(LA는 믿을 수 없을 정도로 높은 소위 '엄호'료를 호가하는 곳이다). 나는 엄마에게 전화로 조언을 구한다. 혹시나 극단으로 치우친 그 인물이 엄마를 찾아갈지도 모르니 미리 주의를 주기 위해서기도 하다. 엄마는 맬컴에게 지불할 하루 이틀 밤어치 경비를 수표로 보내겠다고 재차 말한다. 나는 고마운 동시에 죄책감을 느낀다. 제인의 살인에 대한 글을 쓰겠다고 주장한 건 나였기에. 물론 제인이 살해당한 게 제인의 탓이 아니듯(전화 메시지를 남긴 사람이 암시한 것과 달리) 이 남자의 언행도 내 탓이 아님을 머리로는 알고 있었지만, 내 안의 덜 깨우친 부분은 뒤늦게 찾아온 마땅한 벌을 받고 있다는 느낌으로 울렁거렸다. 내가 이 끔찍한 것을 소환했고, 결국 이렇게 서류 가방 든 남자의 형상을 하고 나타난 것이다. 머지않아 스토커에 대한 내 상상 속 이미지가 재러드 리 러프너, 그러니까 정확히 2주 앞서 애리조나주 투산의 어느 세이프웨이 마트 주차장에서 개비 기퍼즈 하원 의원에게 다가가 총을 쏘고 그 외 열여덟 명을 살해하거나 상해한 남자의 모습과 겹쳐지기 시작했다. 기퍼즈의 서명이 들어간 편지가 이후 러프너의 집에서 발견됐는데, 행사에 참석해 주어 고맙다는 간략한 글이 담긴 공식 편지에 "죽어, 개년아"라고 휘갈겨져 있었다. 러프너는 여자는 직권을 가져서는 안 된다는 말을 하고 다녔다고 한다.

이 두 남자 모두 정신이 산란한 사람이었대도 내게는 달라질 게 없다. 그들의 목소리는 여전히 선명하다.

애국자 법이 제정된 뒤 너는 조지 W. 부시의 재임 기간 내내 한 손에 쥘 수 있는 소형 무기를 잇달아 만들었다. 집에서 찾을 수 있는 부품으로 몇 분 이내에 조립할 수 있어야 한다는 규칙도 정했다. 너는 과거 동성애자란 이유로 혐오 범죄를 당한 적이 있었다. 부리토를 사러 줄을 서 있다가 두 눈에 까만 멍을 얻었다(그러고도 당연히 폭행한 남자를 뒤쫓아 갔다). 이제 너는 정부가 제 시민을 공격하려 들거든 아무리 허접한 무기라도 갖추고 있어야 한다고 생각했다. 네 무기-작품은 샐러드 드레싱 병에 스테이크

용 칼을 부착해 도끼 손잡이에 얹은 무기, 못을 수두룩하
게 박은 꼬질꼬질한 양말, 칙칙한 볼트가 박힌 우레탄 수
지 뭉텅이를 한끝에 붙인 뭉텅한 나무 조각 등등을 포함
했다.

우리가 연애하던 시절, 내 집 현관문 앞에서 볼트가 잔뜩
박힌 나무 조각을 발견한 적이 있다. 네가 어디론가 훌쩍
여행을 떠나 난감해하던 참이었는데, 그날 지는 햇빛 속
에 네가 놓고 간 그 무기를 보고는 네가 날 사랑한다는 걸
실감했다. 그건 신변 보호용 부적이었다—네가 자리를
비운 사이 날 보호할 방편이자 구애자를 격퇴하기 위한
도구(구애자가 있다면). 그 뒤로 난 그 무기를 항상 침대
맡에 두었다. '그들'이 우리를 해하러 올 거라고 생각해서
라기보다는 잔인함에 부드러움을 깃들이는 물건이어서,
그리고 이게 네 주된 특기이자 선물 중 하나임을 그사이
배웠기에.

아빠가 돌아가신 해에, 유리병에 든 배를 만드는 남자애
이야기를 학교에서 읽게 됐다. 이 아이는 언제나 최악의
경우를 생각하고 최악의 시나리오를 상상해 두면 어떤
일이 닥쳐도 놀라지 않으리라는 격언을 삶의 신조로 삼
는 아이였다. 이 격언이 실은 프로이트가 정의한 불안과
동일하다는 사실을 모른 채("'불안'은 위험을—설사 알지
못하는 위험일지라도—예상하거나 그에 대비하는 특정한
상태를 뜻한다") 나는 그 말을 곧이곧대로 따랐다. 이미

열렬한 '일기 작가'였던 나는 학교 연습장에 최악의 경우를 상상한 서사들을 기록하기 시작했다. 처음으로 쓴 글은 「납치되다」라는 제목의 중편 소설로, 나와 내 가장 친한 친구 진이 정신 산란한 한 부부에게 유괴돼 고문당하는 이야기를 담고 있었다. 나는 부적과도 같은 이 작품을 아주 자랑스레 여겼고, 심지어 화려한 표지까지 손수 그려 넣었다. 이제 진과 내가 예상치 못한 유괴와 고문을 당하는 일은 없을 테지! 그랬던 만큼 엄마가 점심을 사 주며 내가 쓴 글에 대해 "얘기 좀 하자"고 했을 때 나는 혼란스럽고 슬펐다. 엄마는 내 글을 보니 걱정된다고, 내 6학년 담임 선생님도 걱정하고 있다고 말했다. 내 이야기가 문학으로서도 예방법으로서도 자랑스러워할 성격의 것이 아님이 명백해지는 순간이었다.

이기가 병원에서 나와 집에 왔을 때, 잠을 거의 못 자고 보낸 황홀하고 어수선했던 그 첫 주 동안, 이기의 소중한 갓난이 머리에 가위 한쪽이 꽂힌 모습이 야심한 시각에 떠올라 내 격한 행복감에 구멍을 뚫을 때가 종종 있었다. 내가 꽂은 걸지도 몰랐고 이기가 미끄러져 가위에 머리를 박은 걸지도 몰랐다. 왠지는 몰라도 이 이미지가 내가 상상할 수 있는 최악의 경우에 해당하는 듯했다. 몇 시간을 또는 며칠 밤을 뜬눈으로 지새운 끝에 잠을 청하려 들 때면 이 이미지가 나를 찾아왔다. 한 주간 잠을 얼마나 설쳤는지 우리는 급기야 거실 등의 전구를 붉은색으로 바꾸고는 밤새 불을 켜 둔 채 지내기에 이르렀다. 매일매일 밤

없이 햇빛과 붉은빛만 번갈아 비치는 시간을 오가며 보냈다. 그 몽롱한 붉은빛 속을 허덕이다가 해리에게 아무래도 산후 우울증이 아닌가 걱정된다고, 자꾸 아기에게 나쁜 일이 생기는 상상이 든다고 말한 적도 있다. 가위 이야기는 차마 할 수가 없었다.

그 이야기에서 남자 아이가 유리병 안에 든 배를 반복해 만드는 것(아르고호?)과 불안 강박이 구체적으로 어떻게 연결되었던 건지 이제는 기억나지 않는데, 연결 고리가 있었던 건 확실하다. 그 이야기의 정확한 출처도 이제는 찾을 수가 없다. 일어날 법한 최악의 경우를 반복해 상상하면 좋은 일이 이어진다는 게 이야기의 교훈이었을 리 없음이 제법 확실해 보이는 만큼 출처를 찾을 수 있으면 좋겠다. 짐작건대 어느 시점엔가 주름 자글자글한 지혜로운 할아버지가 등장해 손자를 데리고 산비탈 저편으로 들새를 보러 감으로써 어린 손자 머리에 든 썩어 빠진 생각을 바로잡아 주지 싶다. 하지만 이젠 정말 내 멋대로 짜맞추고 있는 게 아닐지.

그 주름 자글자글하고 지혜로운 조부모 존재가 내 인생에는 아직 등장하지 않았다. 대신 내게는 엄마가 있고, 엄마는 예방 차원의 불안을 신조 삼고 복음으로 외치는 사람이다. 난 엄마에게 말한다. 내 갓난아이에 대해 느끼는 염려를 엄마 혼자 간직하는 편이 나로서는 더 편할 것 같아, 아이에게 (그리고 엄마가 사랑하는 다른 모든 이에게) 무슨 나쁜 일이 닥칠지 몰라 잠이 안 온다고 내게 이메일을 보내 굳이 나누려 드는 것보다는. 그러면 엄마는 이렇게 쏘아붙인다. "이게 다 비합리적이기만 한 걱정은 아니거든."

엄마는 살면서 맞게 될 우여곡절을 다른 사람들이 충분히 인지하지 못한다고 생각한다. 어떤 *위험* 요소들이 도사리고 있는지를. 위해가 어떻게 비합리적일 수 있겠어, 한번 일어난 예기치 못한 사고나 끔찍한 참사가 언제든 다시 일어날 수 있는데? 지난 2월 플로리다주 탬파 근처에서 누군가 잠들어 있던 침실 아래 싱크홀이 열리는 일이 있었다. 그 남자의 시신은 영영 수습되지 못할 테다. 이기는 6개월 됐을 때, 매해 미국에서 태어나는 400만 명이 넘는 신생아 중 150명꼴로 발생하며 때로 치명적이기도 한 신경 독증을 앓았다.

최근에 엄마는 캄보디아의 킬링 필드를 방문했다. 여행에서 돌아온 엄마가 우리 집 거실에서 여행 사진을 보여줄 동안 이기는 흰색 장모 러그 위를 기어다니며 '엎드려 놀기'를 즐기고 있었다. 애 옆에 두고 이런 말 꺼내기가 좀 그런데, 엄마가 고갯짓으로 이기를 가리키며 말했다. 그런데 거기 나무가, 참나무가 한 그루 있었거든, 킬링 트리라고 부르는. 크메르 루주가 그 나무에 어린 애기들 머리를 쳐서 죽였대. 그렇게 그 나무에 머리가 깨져 죽은 애기만 수천 명은 된다더라. 응, 충분히 알아들었거든, 내가 말한다. 미안하다, 엄마는 말한다. 너한테 이런 얘기를 할 게 아닌데.

몇 주 후, 엄마가 전화를 걸어 다시 여행 이야기를 하다가 말한다. 있지, 이 얘기는 사실 하기 좀 그런데, 넌 얘기도 있으니까, 그런데 거기 나무가 있었거든, 킬링 필드에, 그 나라 사람들이 킬링 트리라고 부르는 나무가…

이제 나도 엄마를 알 만큼 안다. 아이를 죽이는 살인적인 나무 이야기를 자기도 모르게 되풀이하는 엄마의 증상이 이 지구상에서 인간 아이에게 벌어질 수 있는 끔찍한 일의 최대 한도를 내게 심어 주려는 엄마의 욕망에 근거해 있음을 알아볼 수 있다. 왜 내게 최대 한도에 대한 이런 감각을 불어넣어야 한다고 느끼는지는 모르겠지만, 엄마가 그걸 필요로 느낀다는 점은 인정하게 되었다. 엄마는 본인이 킬링 트리 앞에 서 보았다는 사실을 내게 알릴 필요를 느낀다.

정체 모를 남자가 일터를 찾아온 뒤 일주일간, 캠퍼스 보안 대원이 그가 돌아올 일에 대비해 내가 강의할 동안 강의실 문밖을 지키고 서기로 한다. 이런 나날 중에 나는 앨리스 노틀리의 구시렁거리는 장시 『불복종』*Disobedience*을 가르친다. 학생 하나가 불만을 표한다. 노틀리는 자유롭고 아름다운 일상을 원한다면서 정작 자기가 가장 싫어하고 두려워하는 것들에만 집착하고 400페이지 내내 자기 얼굴은 물론이고 우리 얼굴까지 거기 처박고 있잖아요. 이런 걸 뭐 하러 읽어요?

경험적으로 말해 우리는 우주진으로 만들어졌다. 왜 우리는 이 이야기를 더 자주 하지 않을까? 물질은 이 세계를 절대 떠나지 않는다. 계속해 재활용되고 재결합할 뿐. 우리가 처음 만났을 때 너는 내게 반복해 이렇게 말했다. 실질적이고 물질적인 의미에서 무엇은 어디로 만들어져 있다고. 나는 네가 하는 말을 통 이해할 수가 없었는데, 다만 네가 거기에 얼마나 불타는지는 알아볼 수 있었다. 그리고 그 불기운 곁에 있고 싶었다. 아직도 온전히 납득하지는 못하지만, 적어도 이제 내 손끝이 그 언저리를 맴돌기는 한다.

노틀리도 이걸 다 파악하고 있고, 그래서 그렇게 스스로를 괴롭히는 거다. 그래서 신비주의로 빠지고 그래서 어두운 벽장에 스스로를 가두고 그래서 환영을 보겠다고 스스로를 녹아웃시키는 거다. 무의식이 수채통인 걸 노틀리가 어쩌겠어? 어쨌거나 불만을 토로한 학생 덕에—본인은 의식하지 못했어도—우리는 중대한 역설로 돌아갈 수 있었다. 적잖은 예술가의 작품을 설명하는 데 도움이 되는 역설로. 불안 강박으로 치우치는 경향이 강한 사람일수록 때로 가장 풍요로운 회복의 실천을 고안해 주변에 나눌 줄 알고 또한 알아야만 하기 마련이다.

애니 스프링클은 퍼포먼스 작품인 「100번의 블로잡」100 Blow Job에서 바닥에 무릎을 꿇고 판자에 못으로 고정해 둔 딜도 여러 개를 입으로 애무한다. 그사이 녹음된 남자들 목소리가 "빨아, 이년아" 같은 모멸적인 말을 외친다. (스프링클은 수년간 성 노동자로 일한 경험이 있는데, 경력 기간 동안 상대한 3,500여 명의 고객 중에 질이 나쁜 이는 100명 정도였다고 한다. 「100번의 블로잡」의 사운드트랙은 그 악질 고객들에게서 유래했다.) 스프링클은 연이어 빨고, 숨이 막혀 캑캑대거나 구역질하기도 한다. 그런데 관객 중 누군가가 그래, 내가 상상한 성 노동은 딱 이런 모습이었어, 잊을 수 없이 끔찍하고 여성 혐오적이고 트라우마를 초래하는 일이라고 생각할 때쯤, 스프링클은 자리에서 일어나 매무새를 정돈하고 공동체에 제공한 성적 공로로 스스로에게 아프로디테상을 수여한 뒤, 자위로 씻김 의식을 치른다.

스프링클도 내 마음속 복수 젠더 어머니 중 한 명이다. 내 마음속 복수 젠더 어머니들은 말한다. 적이 있고 원수가 있다고 해서 불안 강박에 사로잡힐 필요는 없다고. 그 대신 그들은—그에 반하는 어떤 근거를 끌어모아 동원해도—끝까지 주장한다: 당신들이 뭘 갖다 던지건 내가 신진대사해 배출하거나 내 연금술로 이겨 내지 못할 건 하나도 없어.

세지윅에 관한 강연에 스토커 이야기를 넣어도 되겠다는 생각이 들면서 차차 일을 재개할 추진력을 얻었다. 그래, 다시 일을 해 보자. 심지어 위안을 얻기도 했다. 스토커 사건을 이브의 궤도 안에 들여오면 그 부정적인 기운이 중화될지도 모른다는 듯이.

이러한 접근의 주술적인 힘을 모든 사람이 믿는 건 아니다. 공개 강연에서 스토커 이야기를 할 거라고 말하자 엄마는 "어머 얘, 그래도 되겠니?"라고 물었고 당연히 이 말은 그러지 않는 편이 낫다는 뜻이었다. 그렇다고 엄마를 탓할 수 있나? 난폭하게 죽어 마땅하다는 말을 여자들에게 내뱉고 실제로 그런 난폭한 살해를 저지르려 드는 서류 가방 든 극단적인 인간들의 망령을 물리치는 데 40년 이상을 바친 사람인걸. 그런 인간들에게 저희가 누릴 자격도 없는 관심을 줘 뭐해?

내 글쓰기의 태반은 쓰지 않는 게 나을 것 같은 구상에서 나온다. 실제로 자세히 들여다볼 필요가 있는 주제와 구상이어서 저어되는 건지, 아예 들여다볼 가치가 없어 망설이게 되는 건지를 구분하기가 갈수록 어렵다. 저건 좀 아니다 싶은 발상을 향해 내가 중력에 이끌리듯 다가가는 모습을 공포 영화에서 마지막까지 살아남은 여자애를 보듯 그저 바라볼 때가 있다. 모유가 묻어 끈적해진 조립식 창고의 내 책상 뒤에서. 하지만 나보다 뜨거운 불길에 벼려진 내 영웅들에게서 그간 배운 것이 있다. 그 치열한 영혼들로부터 난 말하는 것이 보호의 또 한 형태가 될 수 있다는 막강한 신념을 배웠다.

이기가 신경 독증을 앓았던 기간에 대해서는 여기 쓰지 않을 생각이다. 딱히 각별했던 시기도 아니고 풍부한 글감을 주는 것도 아니기에. 다만 이 한마디는 남기고 싶다.

187

시간의 어느 폐회로에는, 또는 내 안 어딘가에는 지금도 아침 빛 드는 병실에서 높은 신생아용 침상의 옆문을 열고 이기 옆으로 기어들어 가 몸을 누이고 이기가 고개를 들거나 다른 어떤 방식으로든 살아서 나올 거라는 표시를 하기 전까지는 움직일 생각도 손을 놓을 생각도 계속 살 의지도 없이 이기 옆을 지키는 내가 있다.

스토커들이 김새는 이유는 무소식이 희소식이라는 말이 딱 들어맞아서라고 램프리는 처음부터 말했다. *법정까지 가거나 911에 전화를 걸 건지가 아예 없는 게 최고죠. 잠잠하게 하루하루 쌓여 가는 게 제일 좋아요.*

맬컴이 경비를 시작한 지 사흘째 밤에 접어들면서 난 그가 우리 집 앞에 영원히 지키고 서서 무엇으로부터건 우리를 보호해 줄 수 있으리라는 망상에 빠지기 시작했다. 하지만 돈은 이미 바닥났고 따라서 사업을 유지할 논리도 사라졌다. 우리는 알아서 대처하도록 남겨졌다.

닫혀 있을 것. 이게 포궁 경관의 임무다. 약 40주에 걸친 배태 기간 동안 뚫고 지나칠 수 없는 방벽을 형성해 태아를 보호하는 것. 그 후에 방벽은 아이낳이를 통해 어떻게든 하나의 열림이 되어야 한다. 이건 팽창에 의해 이루어지는데, 팽창은 깨어짐이 아니라 극도의 엷어짐이다. (*아아 어찌나 엷은지!*)

이 감각에 존재론적인 가치가 있는 건 사실이지만, 실제로 썩 좋은 감각은 아니다. 밖에 서서 바라보며 "이제 긴장 풀고 아이를 놓아주기만 하면 돼요"라고 말하기야 쉽다. 정작 아기를 내놓는 몸은 산산이 부서질 각오를 해야만 한다.

임신 39주. 옥시덴털 칼리지 교정을 가로질러 한참 산책을 한다. 무자비하게 태양이 내리쬐는 로스앤젤레스인만큼 더위가 조금 버겁다. 나는 짜증이 난 채로, 아기로 팽팽해진 몸으로, 아기의 등장을 애끓게 기다리며 집에 온다. 해리가 친구들을 초대했다. 다 같이 영화 촬영을 준비한답시고 우중충한 흰색 의상과 세라믹 뿔이 달린 모자차림을 하고 있다. 이러니 다들 머릿니처럼 보이지 않느냐고 해리가 종잡을 수 없는 말을 한다. 친구 머릿니들이 내 근처엔 얼씬도 못 하게 해, 라고 대꾸하고서 나는 블라인드를 내린다. 사나워진 기분이 들면서 조금 슬프기도 하고, 몸은 아주 많이 빵빵하다. 허리가 아프다.

바로 전날, 서늘하고 푸른 개울가를 거닐며 나는 아기에게 이만 밖으로 나와 보라고 말했다. 이제 그만 나올 시간이야, 이기. 이기가 내 말을 알아들었음을 확신했다.

산통이 시작된다. 머릿니들은 집에 간다. 별 이유도 없이 우리는 책장을 정리하기로 한다. 몇 주째 말만 해 오던 일인데, 해리가 당장 손을 써야만 한다는 다급함에 느닷없이 사로잡힌다. 나는 숨을 돌리려 바닥에 널브러진 책들 틈에 수시로 앉아 가며 장르별로, 이어서 나라별로 책을 쌓기 시작한다. 통증이 점점 밀려든다. 이리도 넘쳐 나는 이 아름다운 종잇장들.

해리가 제시카에게 전화를 걸어 바로 와 달라고 말한다. 눈을 붙여 보려 했지만 밤이 동굴로 변한다. 집에 새로운 침침함이, 새로운 소리가 깃든다. 한밤중, 욕조에서 분만 노동을 할 동안 새들이 지저귄다. 진짜 새냐고 제시카가 묻는다. 진짜 새다. 제시카가 물이 욕조 가득 차고 넘쳐 부풀 수 있도록 비닐 봉지와 강력 테이프로 수를 쓴다. 제시카는 재간이 좋다. 그렇긴 한데 내가 이리 애쓸 동안 왜 다른 사람과 계속 문자 메시지를 주고받는 건지 모르겠다는 울적한 생각이 든다. 나중에 보니 아이폰에 깔린 앱으로 진통 간격을 재고 있었던 것뿐이었다. 시간이 증발해 버린 시간 속에서 밤은 금세 지나간다.

아침이 오자 해리와 제시카가 날도 우중충한데 한 시간만 쓱 걷고 오자고 꼬드긴다. 쉽지 않다. 걸음을 멈춘다고 해서 진통이 멈추지는 않아요, 제시카가 자꾸 재촉한다. 네 네 그런데 제시카가 그걸 어떻게 아는데요. 우리는 요크와 피게로아 교차로 근처 라이트 에이드 매장까지 간다. 막상 도착해 보니 아무도 지갑을 안 챙겼다. 칙칙한 하늘 아래서 눈을 가늘게 뜬다. 난 기진해 가는 중, 아니, 거의 기진했다. 지갑을 가지러 다시 집에 갔다가 다시 가게에 들르고, 쓰레기가 우둘투둘 널린 주차장을 몇 바퀴 돈다. 좀 더 아름다운 풍경 가운데 있고 싶다는 생각과 이 상황이 참 알맞다는 생각이 동시에 든다.

집에 돌아와 초콜릿 아이스크림에 아주까리 기름을 섞어 먹는다. 안에 든 게 이만 밖으로 나왔으면 한다.

네 어머니가 진단을 받았을 무렵은 우리 둘이 같이 산 지 1년이 갓 지난 시점이기도 했다. 허리 통증으로 의사를 찾아간 네 어머니는 유방암이 이미 척추까지 퍼져 종양이 등골뼈를 부러뜨릴 위험이 있다는 이야기를 들었다. 몇 달 안에 암은 간까지 퍼지고 1년 내로 뇌까지 퍼질 터였다. 네 어머니가 도와줄 사람 하나 없이 방사선 치료로 몸져눕게 되었을 때 우리는 미시간주에 사는 그를 우리 집으로 모셔 왔다. 우리 침대를 내주고 우리는 거실 바닥에서 잤다. 이렇게 몇 달을 살았고, 모두가 두려움과 마비 상태에 빠져 집 앞의 산만 하염없이 바라봤다. 우리는 각자 다른 방식으로, 극도로 괴로워했다. 너는 한때 네가 받았던 보살핌을 어머니에게 돌려주고자 했지만 그로 인해 우리가 이제 막 꾸린 가정이 깨어지고 있음 또한 인지했고, 네 어머니는 아프고 고갈된 데다 겁에 질려 본인의 상태와 가능한 선택을 논할 의지 또는 힘이 전혀 없었다. 마지못해 내가 악당을 자처하며 선을 그었다: 이렇게 못

살겠어. 네 어머니는 우리 집 근처에 있고 메디케이드가 적용되는 의료 시설—자산을 모두 정리하고 들어가는, 옆자리의 천 커튼 너머로 TV가 웅웅대고 간호사들이 주 예수 그리스도를 구세주로 받아들이라고 속삭이는 그런 곳—에서 열악한 돌봄을 받느니 디트로이트 교외의 아파트로 돌아가 혼자 쉬하는 편을 선택했다. 누가 그 선택을 탓하겠는가? 네 어머니는 본인 집에서 지내길 원했다. 그토록 아끼는 프랑스의 수도를 주제로 한 잡동사니—'아이 러브 파리' 명판이며 에펠 탑 모형 등등—에 둘러싸여. 심지어 모든 비밀 번호와 이메일 주소마저 Paris의 변형이었지만 정작 직접 그 도시를 보는 일은 없을 터였다.

마지막이 가까워지면서 네 남자 형제가 어머니를 집으로 모셨다. 네 형제의 가족 상황도 상당히 빠듯했지만, 적어도 그 집에는 네 어머니가 쓸 침대와 별도의 방이 있었다. 그만하면 충분하지 싶었다.

하지만 사실 이 상황에 그만하면 충분하지 싶은 측면이 있을 리 없었다. 다수의 사람이 경험하는 것에 비해 여러모로 나은 상황이었기는 해도. 네 어머니가 의식을 잃기 시작하자 네 형제는 어머니를 근처 호스피스로 옮겼고, 너는 한밤중에 비행기를 잡아타고 그리로 향했다. 한발 늦을까 마음 졸이며, 어머니 혼자 돌아가시지 않도록 걸음을 재촉하며.

지금 나는 통증에서 자유로운 이 두 광대가 꼴도 보기 싫다. 병원에 가겠다고, 병원이 아이를 꺼내는 곳 아니냐고 내가 말한다. 제시카는 시간을 끈다. 아직 이르다는 걸 아는 거다. 난 슬슬 필사적이 된다. 다른 풍경을 원한다. 내가 이걸 해낼 수 있을지 모르겠다. 전기 담요 끼고 붉은 소파에 기대어, 수건 깔린 욕조에 무릎을 꿇고, 해리나 제시카의 손을 잡고 침대에 누워 보낸 시간이 벌써 얼만데. 이제 병원에 갈 때가 됐다고 두 사람을 설득할 방도를, 뭐든 생각해 내야만 한다. "아무래도 아기가 내려앉은 느낌이라 병원에서 낳아야겠어, 나도 병원에 있고 싶고." 난 나직하게 으르렁거린다. 드디어 두 사람도 알겠다고 한다.

차를 타고 가는 중에 진통이 루지 썰매 타기로 변한다. 두 눈을 뜰 수가 없다. 안으로 들어가야만 한다. 바깥은 온통 차로 가득하다. 나는 실눈을 하고 해리가 최선을 다하고 있는 모습을 본다. 차가 어딘가 부딪치고 턱을 넘고 모퉁이를 돌 때마다 악몽이다. 통증의 동굴에는 그만의 법칙이 있다—암흑의 전율이라는 법칙이. 나는 속으로 초를 세기 시작하고 수축이 20초 정도 지속됨을 파악한다. 어떤 통증도 20초간은 참을 만하지 않겠냐고 속으로 생각하며 19초, 13초, 6초를 센다. 이제 아무 소리도 내지 않는다. 너무 끔찍하다.

어렵게 주차하고 보니 아무도 없다. 다른 때는 분만 병동 여기저기 휠체어를 끄는 직원이 그렇게 넘쳐 나더니. 걸어가는 수밖에. 사람이 걸을 수 있는 가장 느린 속도로, 몸을 반으로 접은 채 복도를 따라 발을 옮긴다. 제시카가 아는 사람들과 인사를 나눈다. 내 주위의 모든 게 평소대로 돌아가고 있건만 나만, 그것도 속으로만, 고통의 동굴 안에 있다.

분만 병동에서 입원 수속을 밟는다. 간호사가 친절하다. 주근깨, 건장한 체격, 아일랜드계인가 싶기도 하다. 5센티미터 벌어졌다고 간호사가 말한다. 사람들이 기뻐하고 나도 기쁘다. 제시카가 제일 힘든 고비는 넘겼다고, 5센티미터까지가 가장 힘들다고 말한다. 초조하지만 그래도 마음이 놓인다. 제시카가 7번 병실을 달라고 말한다. 병동은 다행히도 한산하고, 고요하고, 비어 있다.

7번 병실은 아늑하고 어둡다. 창밖으로 메이시스 백화점이 보인다. 휘트니 휴스턴이 여기서 열 블록 떨어진 베벌리 힐튼 호텔에서 죽은 채로 발견된 참이다. 간호사들이 들락거리며 나지막한 목소리로 그 이야기를 나눈다. 마약 때문이었냐고 내가 동굴 안에서 간신히 묻는다. 그렇지 않겠냐고 간호사들이 답한다. 분만실 안에는 욕조와 체중계와 아기 보온기가 있다. 어쩌면 아기도 조만간 추가될지 모르겠다.

통증의 썰매 타기가, 초 세기가, 몰두가, 고요함이, 공황이 계속된다. 화장실이 두려워진다. 제시카가 계속 소변을 보라고 하지만 앉거나 쪼그리는 건 엄두도 못 내겠다.

움직이지 않는다고 진통이 멈추지는 않는다는 말을 제시카가 되풀이하지만, 난 그럴 수 있으리라 굳게 믿는다. 몸을 옆으로 누인 채 해리나 제시카의 손을 꼭 쥔다. 해리와 느린 음악에 맞춰 춤을 추는 자세를 하고는 나도 모르게 소변을 지리고, 어느새 검붉은 점액이 가닥가닥 뜨기 시작한 욕조에서 또 소변을 지린다. 놀랍게도 해리와 제시카가 음식을 주문하고 그걸 또 먹는다. 누군가 붉은색 빙과를 내 입에 물리는데, 그렇게 맛있을 수가 없다. 불과 몇 분 후 나는 속을 게워 욕조 물을 더럽힌다. 진통이 최고조에 이르렀을 때는 수차례 노란 담즙을 토해 낸다.

욕조에 달린 분사 기능 버튼을 실수로 자꾸 누르게 되는데, 물줄기가 몸에 닿는 느낌이 끔찍하다. 제시카가 물을 부어 주는 느낌은 좋다.

누군가가 다시 재어 본다. 7센티미터. 좋은 신호라고 한다.

몇 시간이 지나 다시 재어 본다. 여전히 7센티미터. 이건 썩 좋지 않다.

우리는 의논한다. 진통 간격이 길어지고 있다고, 강도가 약해지고 있다고 주위에서 말한다. 이 상황이 몇 시간이고 계속될 수 있다고. 10센티미터까지 가려면 다섯 시간, 어쩌면 더 오래 걸릴지도 모른다고 한다. 그건 싫다. 이미 분만이 시작된 지 24시간, 어쩌면 그보다 더 됐는지도 모른다. 우리는 피토신을 사용한 유도 분만에 대해 의논한다. 조산사가 지금보다 훨씬 불편해질 테니 마음의 준비를 해야 한다고 말한다. 겁이 난다. 통증이 얼마나 더 깊이 파고들 수 있는 걸까.

하지만 무언가는 변했으면 한다. 난 약을 쓰겠다고 한다. 우리는 그렇게 한다. PICC 정맥관이 자꾸 굽고 그때마다 빨간 경고등이 켜져 난 답답해하고 간호사는 몇 번이고 삽입을 시도해야 한다. 20분이 지난다. 다시 20분이 지난다. 간호사가 수축제 양을 한 차례, 다시 한 차례 늘린다. 새로운 동굴 안으로 몸을 말아 들어간다, 만화가 연상되는 동작으로. 아주 조용히 정신을 집중해 본다. 세고 또 센다. 제시카가 바닥까지 깊숙이 숨을 들이쉬라고 하고 그 말에 아이가 바닥에 이른 걸 알겠다.

엄마에게 이제 그만 떠나도 괜찮다고 이야기하는 게 내 할 ^{해리} 일이라고 자원 봉사자마다 말했어. 엄마 곁을 지킨 처음 서른세 시간 동안은 내 말에 설득력이 없었던 거지 싶어.

마지막 날 밤에야 엄마 무릎 밑에 베개를 놔 주며 산책 다녀오겠다고 운을 뗐어. 허니서클 향을 맡고 별똥별을 보고 밤이슬을 신발에 묻히고 오겠다고. 나는 이 형태로 이 세상에 남을 거라서 이런 일들을 하고 올 거라고. "하지만 엄마가 여기서 할 일은 이제 다 끝났어." 엄마가 사랑과 가르침으로 우리의 지반을 잘 닦아 줬다고 말했어. 예술가가 되도록 내게 영감을 준 것도 엄마였다고. 엄마를 많이 사랑한다고, 엄마가 우리를 사랑하는 것도 우리 모두 안다고, 엄마는 사랑에 둘러싸이고 빛에 둘러싸여 있다고. 그리고 산책을 나갔어. 다녀와서도 여러 이야기를 했지만 무엇보다 난 이제 잘 거라고, 엄마도 주무시라고 했어. 아주 단호한 말투로. 겁내지 말고 긴장 푸시라고, 이제 그만 가 봐도 괜찮다고 했어. 엄마가 얼마나 피곤한지 안다고, 그리고 천국을 경험한 이야기에 따르면(천국을 아주 짧게 방문해 본 이들의 증언에 의하면) 그만큼 행복으로 충만한 곳도 없다고. 그러니 무서워하지 말라고. 그리고 고맙다고 말했어. "고마워, 엄마." 눈물이 줄줄 샜지만 이제는 엄마에게서 눈물을 숨기려 했어. 화장실 불을 켜고 문을 반 이상 닫아 30센티미터 폭의 노란 직사각형이 엄마 발부터 머리까지 드리워지게 했어. 담요 위로 엄마의 두 발을 만지고 이어 두 허벅지를, 허리를, 목 아래드러난 윗가슴 살을, 엄마의 어깨와 얼굴과 두 귀를 만졌어. 벗어진 아름다운 머리에 온통 입을 맞추고서 "잘 자, 엄마. 이제 그만 쉬어"라고 말했어. 그런 다음 내 작은 의자형 침대에 누워 겉옷을 상체에 둘러 덮고는 소리 없이 울다가 잠이 들었어. 엄마의 숨소리, 깊고 깔딱거리고 확실하게 들려오는.

이제 아주 어둡다. 해리와 제시카는 잠들었다. 난 아기와 혼자 있다. 아기를 밖으로 내놓는 발상에 올인해 보려 한다. 여전히 상상이 안 된다. 그런데도 통증은 더 깊은 곳으로 계속해 파고든다.

밑바닥에 이르면, 물론 이게 맨 밑바닥임을 확신할 길은 없지만, 속계산이 시작된다. 이 속다짐의 순간(이걸 포궁 문이 9센티미터 열린 시점이라고도 부를 수 있을 테다)에 대해 많은 여자가 이야기하는 걸 들었는데, 이때 정말 세게 흥정을 밀어붙이게 된다. 함께 엮인 두 생명을 건 협상인 양. 우리가 여기서 어떻게 빠져나올지 도저히 모르겠지만 아기야, 다들 네가 나와야 한대 그리고 내가 널 나오도록 해 줘야 한대, 그러니까 우리 둘이 힘을 합쳐 해내야 해, 지금 당장 해야 해.

아기가 이상한 방향을 바라보고 있다는 말이 들려오고, 그에 따라 난 왼쪽으로 몸을 돌려 눕고 다리를 높이 쳐들어야 한다. 그러고 싶지 않다. 이 자세로 20분간 있어야 한단다. 내 다리를 쥔 손이 한 무더기다. 아프다. 20분이 지나고, 아기가 돌아누웠다고 한다.

누군가가 다시 재어 본다. 완전 소실, 완전 개대. 조산사가 환희한다. 이제 준비가 다 됐다고 한다. 난 다음 단계가 뭔지 알고 싶다. 가만 기다려 봐요, 주위에서 말한다.

어느 순간 잠에서 깼어. 엄마 숨소리가 들리는지 귀를 기울 ^{해리} 여 보니 조금 지나 소리가 들렸어. 아까보다 훨씬 가쁘고 빨랐어. 정신이 번쩍 들었는데 그때 공교롭게도 에어컨이 켜지면서 숨소리를 청각적으로 덮어 버렸어. 이건 전에도 이미 셀 수 없이 많이 있었던 일인데, 그때마다 묘한 중음中陰

에 놓인 기분이었어. 팬이 다시 꺼졌을 때 여전히 호흡이 일어나고 있을까? 삐걱거리는 팬 소리 너머로 숨소리를 들어보려 귀를 힘껏 기울였지만 아무 소리도 들리지 않았어. 나도 모르게 몸을 홱 일으켜 앉은 자세를 취했어. 엄마 가슴이 들썩이는지 확인하겠다고. 안 움직이는 것 같았어. 에어컨은 계속 응응대고. 엄마의 왼손이 갑자기 움직이며 시트를 부풀렸어, 눈에 띌 듯 말 듯 미세하고 찰나적인 핼러윈 유령처럼. 엄마가 보인 첫 움직임―그건 신호였어. 난 얼른 일어나 엄마에게, 그 손에 다가갔어. 엄마는 그새 눈을 뜨고 있었어. 조명을 받은 두 눈으로 위를 올려다봤고, 입은 이제 다물었고, 고개는 더 이상 젖혀 있지도 비스듬히 기울어 있지도 않았어. 아름다웠어. 그리고 죽어 가고 계셨지. 입으로 지구 공기를 조금씩 모아 아주 느리게 허파로 전달하고 있거나 적어도 그 동작을 메아리치고 있는 것 같았어. 두 눈은 불빛을 받으며 열려 있었어. 그리고 너무도 앙증맞고 품위 있고 아양스러운 동작으로 턱을 조금씩 내밀었지. 모든 세계의 문 앞에 서 있었고 나도 엄마와 같이 그 문 앞에 서 있었어. 몰두한 엄마를 방해하려는 충동을 억제했어. 이제는 자기가 향한 곳이 어디고 거기까지 어떻게 가면 되는지 불현듯 알아차린 것처럼 보였거든. 엄마만의 지도. 엄마의 몫. 손 닿을 곳에 놓인 목적지. 엄마의 따뜻한 손을 살포시 감싸고는 가시도록 놓아드렸어. 한 번 더 말했어. 엄마는 사랑에 둘러싸여 있고 빛에 둘러싸여 있으니 겁내지 마. 엄마 목이 맥박으로 조금 뛰었던가? 두 눈은 다른 곳을 바라보고 있었고. 입은 점차 공기를 덜 찾고 덜 들이켜기 시작했고, 턱은 점점 느리게 움직였어. 난 영영 끝나지 않길 바랐어. 그때만큼 한순간에 영원이 활짝 펼쳐지기를 바란 적이 없어. 그러다가 엄마의 두 눈에서 스르르 힘이 풀렸고 두 어깨가 동시에 스르르 풀렸어. 엄마가 길을 찾았구나 알 수 있었지. 엄두를 냈음을. 머리와 용기를 모두 써 길을 헤쳐 나갔음을. 그렇게 놀라울 수 없었어. 엄마가 자랑스러웠고. 시계를 보니 두 시 십육 분이었어.

방광이 꽉 차서 방해가 되는 것 같다고 주위에서 말한다. 난 더 이상 느리게 춤추는 자세로 소변을 보러 일어날 수가 없다. 결국 소변 줄을 꽂는다. 따갑다. 의사가 들어와 파수를 했으면 한다고, 양막이 엄청 찼다고 말한다. 네네 그런데 어떻게요. 의사가 대나무 효자손 같은 걸 들어 보인다. 아 네. 양수가 터진다. 느낌이 그리 좋을 수 없다. 난 따뜻한 바닷물 가운데 누워 있다.

느닷없이 밀고 싶은 충동이 인다. 모두 기뻐한다. 힘줘요, 말하고 가르쳐 준다. 참아요, 바람을 다 참아요, 이제 온 힘을 다해 밀어요, 마지막 내밀힘까지 다, 하나도 낭비하지 말고. 조산사가 도움이 필요할지 가늠하려 손을 넣어 살핀다. 나 혼자서도 충분히 잘 힘주고 있어 도움이 필요 없다고 한다. 잘한다는 말에 신이 난다. 잘해 보고 싶다.

네 번째 수축이었을까, 아기가 나오기 시작한다. 아기라고 확신할 순 없지만 느낌이 확실히 다르다. 난 있는 힘껏

민다. 한 번의 힘주기가 다른 느낌의 힘주기로 변한다—밖으로 나온 걸 알겠다.

야단법석. 난 기진했지만 행복하고, 무슨 일인가 생긴 모양이다. 의사가 황급히 뛰어들고 서둘러 장비를 갖추는 손들. 얼굴 가리개, 앞치마. 동요한 모습이지만 알 게 뭐람. 새로운 불빛이 켜진다. 노란 불빛, 직사광 조명. 주위 사람들이 빠르게 움직인다. 내 아기가 태어나고 있다.

모두 아래만 예의 주시하고 있다. 흐뭇한 공황 상태에 가까운 모습으로. 누군가가 아기 머리를 만져 보고 싶냐고 묻고 난 싫다고 한다, 왠지는 모르겠지만. 그러다 1분이 지나자 만지고 싶어진다. 아기가 나오고 있다. 머리가 크게 느껴지는데 내 몸도 충분히 크지 싶다.

갑자기 멈추라고들 한다. 이유는 모르겠다. 의사가 아기 머리 주위로 둥글게 내 회음을 늘려 가며 피부가 찢어지지 않도록 하고 있다고 해리가 말해 준다. 힘 빼세요, 밀지 마세요, 대신 짧게 '후후' 하세요. 후후 후후 후후.

다시 힘을 주어도 된다고 한다. 힘을 준다. 아기가 나오는 걸 느낄 수 있다, 아기의 몸 전부가, 한 번에 쑥. 임신 기간과 분만 과정 내내 그리도 날 괴롭혀 온 똥도 나오는 걸 느낀다. 이대로 1,000미터도 달릴 수 있겠다 싶을 정도의 희열이 제일 먼저 밀려들고, 잘못됐던 모든 게 바로잡힌 것 같은 완전하고 전면적인 안도감이 뒤따른다.

그리고 갑자기 등장한 이기. 둥실 떠올라 내 몸 위로 올라온다. 이기는 완벽하다, 이기는 옳다. 그리고 입이 나랑 똑 닮았다, 놀랍게도. 이기는 내 순하디순한 친구다. 내 위에 누워 비명을 지르고 있다.

다시 힘줘요, 몇 분 후 사람들이 말한다. 말도 안 돼—아직도 안 끝났다고? 하지만 이번엔 쉽다. 태반에는 뼈가 없다 보니. 나는 태반을 늘 레어로 익힌 425그램 스테이크로 상상했는데, 실제로는 말도 안 되게 적나라하고 거대하다. 검보랏빛 장기가 가득 들고 피로 범벅이 된 노란 주머니—고래 심장을 잔뜩 모아 담은 가방. 이 더없이 오묘하고 유혈이 낭자한 거처에 대한 경외심으로 해리가 주머니 주위에 드리워진 흰 막을 늘이듯 당기고 그 속을 카메라에 담는다.

첫째 아들이 태어났을 때 해리는 울었다. 이제 해리는 이기를 꼭 껴안으며 그 작은 얼굴을 보고 다정하게 웃는다. 나는 시계를 본다. 새벽 세 시 사십오 분이다.

그리고 나서 다섯 시간 동안 엄마 곁을, 나 혼자, 불을 켜고 ^{해리} 지켰어. 그렇게 아름다워 보일 수가 없었어. 열아홉 살처럼 보였어. 사진을 100장은 찍었을 거야. 엄마 손을 잡고 옆에 한참을 앉아 있었어. 옆방에서 먹을 걸 차려 먹고 다시 돌아와 또 앉았어. 계속 말을 건넸어. 고요하고 평화로운 엄마의 육체 옆에서 100년을, 한평생을 산 기분이었지. 에어컨을 껐어. 천장에 달린 선풍기가 공기를 휘저으며 한때 엄마의 호흡이 있던 곳에 순환의 공간을 확보하고 있었어. 그 자리 그대로 100년은 더 앉아 지킬 수 있었을 거야—입을 맞추며, 한담을 나누며. 그 정도는 거뜬히 하고도 남았을 거야. 중요한 일이라 여기며.

당신이 분만을 하는 게 아니에요. 아기를 낳기 전에 여러 번 들은 충고의 말이다. 분만이 당신을 하는 거지.

좋다 싶었다. 난 항복을 수반하는 몸의 경험을 좋아하기에. 하지만 항복을 요구하는 경험—트럭처럼 사람을 때려 눕히고 멈춰 세울 안전어도 없는 경험에 대해서는 아는 바가 별로 없었다. 난 비명 지를 준비가 돼 있었는데, 막상 겪어 보니 분만은 내 인생에서 가장 고요한 경험이었다.

모든 게 순조롭게 풀리면 아기가 살아서 나오고 당신 또한 살아서 나올 것이다. 그렇다 해도 당신은 그 과정에서 죽음을 접하게 될 테다. 그리고 죽음 역시 당신을 '한다는' 사실을 깨달을 테다. 기필코 그리고 가차 없이. 죽음이 내게 일어나리라 당신이 믿지 않아도 죽음은 당신에게 일어날 것이고, 자기 원대로 일어날 것이다. 죽음과 죽음의 원을 피해 간 인간은 없다. 글쎄 이젠 죽기만 기다리고 있는 걸지도 모르지라고 네 어머니는 말했다. 우리가 마지막으로 찾아갔을 때, 살갗이 더없이 얇아진 채로 빌린 침대 위에 누워, 어리둥절하고 믿지 못하겠다는 목소리로.

사람들은 여자들이, 인간 종으로 하여금 재생산을 이어 가도록 신이 내린 일종의 기억 상실에 힘입어 분만의 통증을 잊는다고 말한다. 하지만 그건 바른말이 아니다―더욱이 통증이 '기억할 만'하다는 게 무슨 의미인데? 통증은 있거나 있지 않거나 둘 중 하나다. 그리고 우리가 잊는 건 통증이 아니다. 죽음을 접했음을 잊는 거지.

아기가 엄마에게 말하듯 우리도 죽음에게 말할지 모른다. 나는 너를 잊어, 하지만 너는 나를 기억해.

다시 마주치면 그때 난 죽음을 알아볼까?

우리는 이기에게 좀 더 긴 이름을 붙여 주고 싶었는데, 이 그네이서스Ignatius는 너무 가톨릭 기운이 강했고 Ign으로 시작하는 다른 이름들은 썩 바람직하지 않은 가치들과 어원을 나누고 있었다(무지함ignorant, 비열함ignoble). 그러다 어느 날 내가 이가쇼Igasho라는 북아메리카 원주민 이름을 발견했는데, 뜻은 '방랑하는 자'고 부족은 알 수 없었다. 이거야, 나는 즉시 생각했다. 놀랍게도 너도 동의했다. 그렇게 이기는 이가쇼가 되었다.

백인 미국인 두 사람이 북아메리카 원주민 이름을 고르는 광경이 내 눈에도 불편했다. 하지만 난 우리가 처음 만

낳을 때 네가 부분적으로 체로키계이기도 하다고 말했던 걸 기억하고 있었다. 이 사실에 매달렸다. 병원에서 이기의 출생 증명서 서류를 작성하며 이 이야기를 꺼내자 너는 무슨 어처구니없는 소리냐는 표정으로 날 봤다. *체로키계라니?*

몇 시간 후, 모유 수유 상담사가 우리를 찾아왔다. 상담사는 오랜 시간 우리와 대화하며 자기 가족 이야기를 여럿 들려주었다. 그는 자기가 애리조나주 피마 부족의 일원이고 결혼을 통해 아프리카계 미국인 가족의 일부가 되었으며 와츠에서 여섯 명의 아이를 키웠다고 말했다. 여섯 아이 모두 수유를 했다고 했다. 아들 중 하나는 이름이 이글 페더인데, 줄여서 이글이라고 부른다고도 알려 줬다. 그리고 이 아이의 외할머니가 이글은 백인의 언어이니 '독수리'를 저희 부족 언어로 배우는 의식을 치르자고 주장했다고 설명했다. *왜 두 분에게 우리 가족 얘기를 이렇게 늘어놓고 있는 건지 모르겠네요,* 상담사는 반복해 말했다. 너는 상담사 눈에 패싱했던 듯한데, 한편으로는 그가 우리 집안의 경우—어쩌면 본인 가정에서와 마찬가지로—정체성이란 것 자체가 느슨하고 치열하다는 사실을 직감했던 거라고 생각하고 싶다. 어느 시점엔가 우리는 이가쇼를 이가쇼라고 이름 짓고 싶다는 말을 꺼냈다. 그는 모유 수유에 유용한 팁을 내게 알려 주며 우리 이야기를 들었다. *시계 말고 젖을 따라야 해요.* 그는 말했다. *유방이 꽉 찼다 싶을 때마다 아기를 딱! 갖다 대요.* 나가는 길에 그가 돌아서며 말했다. *두 분 아기 이름 갖고 누구든 성가시*

게 하거든, 투손과 와츠 출신의 완전한 부족원이 승인했다고 말해요.

나중에 배운 바로는 피마Pima는 오타마Othama 부족에 에스파냐 사람들이 붙인 이름이라고 한다. 피마라는 이름은 '몰라요'라는 의미의 pi 'añi mac 또는 pi mac이란 구절에서 파생한 곡해 혹은 오명이다. 침략자 유럽인에게 부족원이 종종 이 말로 대답했을 거라는 추정이다.

네 어머니가 돌아가시고 몇 달 후, 각종 서류와 고지서가 우편으로 우리 집에 도착했다. 난 하루 날을 잡고 창고로 쓰는 헛간 앞에 플라스틱 우유 상자를 놓고 앉아, 어디 보관하는 게 좋을지 분류하려 대강 서류를 훑어보았다. 병원비 청구서와 위협적인 추심 명세서 산더미에서 유독 눈에 띄는 서류가 있었다. 웃는 얼굴과 꽃 그림이 종이 꼭대기를 수놓고, 느낌표와 조심스레 수기로 넣은 서명이 돋보이는 서류. 네 입양 서류였다.

태어났을 때 너는 웬디 멀론이었다. 어쩌면 불과 몇 분 또는 몇 시간 동안만 웬디 멀론이었는지도 모른다. 우리로선 알 길이 없다. 네 입양은 출생 전에 정해진 일이었고, 3주가 됐을 때 네 부모님에게 전해져 그날부로 레베카 프리실라 바드가 되었다. 그리고 이후 스무 해가 조금 넘는 세월 동안 너는 레베카였다. 베키. 대학 시절 너는 부치라는 이름으로 개명하려는 느슨한 시도를 하기도 했는데, 배꼽 잡는 사실은 당시만 해도 부치가 무슨 뜻인지 잘 몰랐다는 것이다. 아버지가 붙여 준 별명으로만 알았지. 그 뜻을 알고 난 뒤, 너는 스스로를 소개하는 것만으로 상대방이 이반인지 아닌지 알 수 있었다. "난 부치예요"라고 네가 긴 금발 머리를 흔들며 말하면, 알 만한 사람은 "아니요, 부치는 무슨"이라며 웃었으니까. 그러다 대학을 중퇴하고 샌프란시스코로 이사해 주디 시카고식 거듭남을 거친 뒤, 해리엇 도지로 이름을 바꿨다. 아이를 갖고 난 뒤에는 정부에 한 발 한 발 다가가며 개명을 공식화했다. 신문 광고를 내 개명 사실을 고지했고 법원에 찾아가 서류를 냈다. (그때까지만 해도 너는 '나라의 행정'과는 거리를 두고 살았던 터였다. 서른여섯 살이 될 때까지 아무도 네 정확한 사회 보장 번호를 몰랐고, 은행 계좌는 평생 만들어 본 적이 없었다.) 차츰 너는 해리엇 '해리' 도지가 됐다. 이건 *그리고* 또는 *하지만*의 느낌을 상기시키려는 시도였다. 이제 너는 그저 해리고, 해리엇은 달갑잖지만 간혹 시사해 주는 바가 있는 부차적인 이름이 됐다.

2008년에 『뉴욕 타임스』가 네 작업에 관한 기사를 게재했을 때, 편집자는 네가 미스터나 미즈 두 호칭 중 하나를 고르지 않으면 기사를 실을 수 없다고 말했다. 공개적인 인정을 평생 기다려 왔건만, 막상 온 이 인정의 기회를 쥐려면 이러한 대가부터 치러야 했다. (너는 "팀을 위해 희생하는 차원에서" 미즈를 골랐다.) 비슷한 시기에 네 전 파트너는 네가 이차적 부모, 즉 부양육자 입양 서류에 '모친' 표시를 하는 한은 절대 양육 합의를 하지 않겠다고 주장하고 있었는데, 너로서는 법적으로 '부친'란에 표시할 수도 없는 상황이었다. (이 당시 난 첫째 아들이 태어나자마자 입양하지 않은 너를 내 멋대로 재단했다. 애초에 그랬다면 고단한 부양육자 입양 절차를 건너뛸 수 있었을 거라고 생각했던 거다. 놀랍게도 이젠 나도 이기를 두고 그런 절차를 거치기가 꺼려지는 입장이 됐다—변호사 비용으로 10,000달러를 쓰고 사회 복지사를 집에 들여 우리 아이들과 면담하는 자리를 만들어 우리의 '적합성'을 판단하게 할 바에야 차라리 전국적으로 LGBT 관련 법안에 붙은 가속도와 상대적으로 진보적인 캘리포니아주에 희망을 거는 도박을 하겠다.) 네 어머니 병문안을 갔을 때 그는 딸이 와 기쁘다는 말을 간혹 했고 그러면 간호사들은 딸을 찾아 방 안을 두리번거렸다. 요즘 우리가 이기를 데리고 같이 소아과를 찾아가면, 간호사가 아버지가 아이 일을 거드는 모습을 보니 흐뭇하다고 말한다. 그러면 너는 *하여간 저쪽 팀 좋을 일을 내가 참 많이도 하고 있다니까*, 하고 중얼거린다. 반대로 우리가 더 이상 가지 않는 식당이 적어도 한 곳은 되는데, 이는 순전히 한 명의 남자 웨이터 때문이다. 케첩 병을 갖다주러 잠깐 들르는 순간에조차 우리를 "레이디스"라고 통칭하는 그 버릇 때문에. *우리가 다 여자인 줄 알아*, 의붓아들은 어리둥절해하며 우리에게 속삭이곤 했다. *괜찮아, 여자는 엄청 쿨하니까*, 네가 말하면 네 아들은 *나도 알아*, 라고 대답했다.

30대 초반에 너는 생모를 찾으러 나섰다. 이렇다 할 정보도 딱히 없었는데 결국 찾아냈다. 네 생모는 이제 막 술을 끊은 레더 다이크로, 기민하고 표현이 분명하고 행동거지가 터프했다. 그가 네게 제일 먼저 한 말 중 하나는 자기가 네바다에서 성 노동을 했다는 것이었다. 그 일을 할 법한 이런저런 이유를 네가 대기 시작하자 생모는 단칼에 끊으며 일이 좋아서 했다고, 그리고 *가진 재산 놀려 뭐 해*, 라고 말했다. 둘이 전화 통화를 주고받던 초기에 너는 생부에 대해 묻기도 했는데, 그때 네 생모는 한숨을 쉬며 "어휴 얘, 나도 확실히는 몰라"라고 대답했다. 하지만 칠리스에서 점심을 먹으려 만난 어느 날인가는 네가 걸어오는 모습을 보고 "제리였구나!" 하고 외쳤다. 그는 네가 자기의 다른 아이와 똑 닮았다고, 그 아이 아버지가 제리라고 했다. 네 생모는 서리가 내린 듯한 백발에 와이어 테 안경을 끼고 립스틱을 바르고 나팔형 리넨 바지를 입었다. 자기 아버지(네 생조부)가 돌아가신 지 얼마 안 됐고 적은 돈이지만 유산을 남겨 그걸로 사귀었다 헤어졌다 하는 부치 연인과 새너제이의 한 동네에서 크래프츠맨 양식으로 지은 집을 보수 중이라고 했다.

그때 그가 제리에 관해 네게 해 준 말이라곤 "좋은 사람이 아니"라는 게 전부였다. 나중에는 제리가 폭력적이었다고 말했다. 더 이상 연락을 주고받지 않는다고도. 대상포진으로 생긴 물집에 바람을 쏘인다고 겨드랑이를 자른 셔츠 차림으로 돌아다니며 캐나다 인근 섬에 살고 있다는 소식이 마지막으로 들은 전부였다고 했다. 몇 년 후 그는 네게 제리가 죽었다고 전했다. 너는 그 이상 알고 싶어 한 적이 없다.

자기 부친 밑에서 자란 네 생형제는 오래전부터 약물 중독을 겪으며 감옥을 드나들고 길과 집을 오가며 생활하고 있었다. 한번은 그가 감옥에서 네게 편지를 쓴 적이 있는데, 글체가 기묘하게도 네 글체를 상기시켰다. 내달리는 듯한 필치가 닮았고, 꼼꼼함과 어두움과 유머가 곳곳에 배어 있었다. 네 생모는 네 생형제에게 마지막으로 소식을 들은 건 그가 주차장에서 의식을 잃고 피범벅이 된 채로 발견된 이후였다고 했다. 의식이 돌아온 그가 네 생모에게 수신자 부담으로 전화를 걸었는데 네 생모는 요금을 내지 않겠다고 했다. 우리에게 이 이야기를 하며 네 생모는 두 팔을 번쩍 들었다. *돈이 있었어야지!* 하지만 우리는 그가 *나도 더는 걔를 뒷바라지할 수가 없어*라고 이야기하는 것도 들었다.

너는 스물세 살에 술을 끊었다. 이미 알았던 거다.

양친에 대해 딱히 아는 바가 없는 건 버거운 일일 수 있다. 하지만 동시에 굉장히 좋을 수도 있다고 너는 말한다. 젠더에 대해 딱히 생각해 본 적이 없었을 때, 너는 유동성과 유목주의에 대한 오랜 관심을 입양 사실과 연관된 것으로 보고 소중히 간수했다. 언젠가 부모를 닮을지도 모른다

210

는 두려움, 주위 여러 친구의 마음을 지배하고 있던 그 두려움에서 벗어난 기분이었다고 했다. 네게 부모는 실망의 대상이 될 필요도 유전적인 경고가 될 필요도 없었다. 그저 최선을 다하는 평범한 두 사람일 수 있었다. 네가 기억하길 아주 어릴 때부터 너는—네 부모는 널 입양한 사실을 처음부터 밝혔다—퍼져 나가는, 아우르는, 오묘하기까지 한 소속감을 느꼈다. 어느 누구고 생모일 수 있다는 사실은 더없이 경악스러운 한편 신날 정도로 흥분되는 면도 있었다. 네 존재가 *하나의* 다른 이로부터 또는 그를 위해 비롯한 게 아니라 온 세계로부터 나왔다고, 그리해 완전히 복수적이라고 너는 느꼈다. 생모를 찾을 만큼의 호기심은 있었지만, 네 어머니가 돌아가신 뒤로는 생모의 전화를 더 이상 받을 수 없다고 느꼈다. 몇 년이 지난지금도 네 어머니에 대한 기억이, 그리고 어머니를 잃은상실감과 여전히 진행 중인 애도가 네가 한때 생모를 찾는 데 기울였던 관심 위에 구름처럼 드리워 있다. 어머니를 다시 봤으면 하는 네 간절함이. 너의 어머니, 필리스.

나는 *제대로 된* 무한한 엄마 혹은 뒤로 하는 엄마가 될 거야, 라고 말하기야 쉽다. 나와 나-아님이 어디서 시작하고 끝나는지 내 아기에게 알려 주고, 뒤따르는 어떤 격분도 버틸 거라고. 내가 가진 한도 내에서 최대한 주되 *내 나를* 망각하지는 않을 거라고. 내가 내 필요와 욕망을 지닌사람임을 이기가 알도록 할 거라고, 그러면 이기도 시간이 지나면서 내가 그런 명료한 선 긋기를 한 점을 존중하

211

고, 자기 입장에서 나를 진짜로 인지하는 동시에 내가 나 스스로를 위해 진짜라는 느낌을 추구했음 또한 존중하게 될 거라고.

착각도 유분수지. 이 책으로 이미 잘못을 저지르고 있는 지 모른다. 어릴 때 부모 글에 등장한 사람들을 동정하는 말을 많이 들었다. 이기의 기원과 출생에 관한 이야기들 도 어쩌면 나만의 것이 아닐지 모르고, 그런 만큼 나만의 판단으로 이야기할 수 있는 게 아닐지 모른다. 어쩌면 이 기의 유아기에 시간상 근접했던 사실이 나로 하여금 이기 의 삶과 몸에 대한 거짓된 소유 의식을 갖게 했는지도 모르겠다. 이기가 이제 세계에서 가장 체중이 많이 나간 신생아보다 1킬로그램이 더 나가는 만큼, 그리고 이기를 볼 때 내 몸에서 나왔다는 사실을 오장육부로 체감하지 않게 된 만큼 이미 흐려지고 있는 의식이기는 해도.

성인 아이의 어머니는 할 일이 끝난 것과 그간 들인 수고가 ^{율라 비스} 물리는 걸 동시에 확인한다. 이게 사실이라면 나는 격분을 견뎌야 함은 물론이고 내가 물리는 것까지 견뎌야 할지 모른다. 스스로의 무효화를 예비하는 게 가능하기나 한 가? 내 엄마는 나로 인한 무효화를 어떻게 견뎠지? 왜 나 는 계속해서 엄마를 무효화하지, 다른 무엇보다도 내가 엄마를 아주 많이 사랑한다는 걸 표현하고 싶을 때조차?

좋은 것은 언제나 손상되어 가는 중에 있다. 위니콧의 주요 공리 중 하나다.

이기가 태어나기 전에 나는 이기에게 편지를 써 둘까 고민했는데, 아직 배 속에 있을 때 말을 많이 걸긴 했어도 글의 형태로 뭐든 적는 건 끝내 미루었다. 이기에게 글을 쓰는 건 이름을 붙여 주는 것과 같은 맥락이지 싶었다. 사랑에서 비롯한 행위임이 분명하지만 동시에 돌이킬 수 없는 분류와 정체성 부여의 행위이기도 하지 않나. (이기가 이기라고 불리는 것도 이 때문일 수 있겠다. 영토화가 불가피하다면, 조금은 방자한 방식으로 수행하지 못할 이유가 있나? "이기: 록 스타나 학급의 재롱둥이로 키울 계획이 아닌 이상 썩 좋은 선택이 아니다"라고 아기 이름을 열거한 한 웹사이트는 경고했다.) 아기는 나와 분리된 존재가 아닌데 머나먼 바다로 나간 사람인 양 아이에게 글을 쓰는 게 무슨 소용이겠는가? 「터미네이터」 마지막 장면에서 린다 해밀턴이 연기한 인물의 선택―태어나지 않은 아들이자 인간의 저항을 이끌 미래 지도자를 위한 녹음 테이프를 남기고는 지평선으로 먹구름이 몰려오는 가운데 사냥용 지프를 타고 멕시코로 향하기―을 재탕할 필요 있나. 어머니/아들이라는 쌍과 독창적인 관계를 맺기 원하는 사람은 메시아적 환상의 유혹으로부터 (아무리 슬프더라도!) 돌아서야 한다. 그리고 남자 아기가 백인일 경우에는 그 아이를 여타 인간 동물과 다를 바 없이, 그러니까 다른 인간 동물에 비해 더도 덜도 말고 동등한 가치를 지닌 이로 키웠을 때 어떤 일이 일어날지 알고자 해야 한다.

이건 바람 빼기지 일축은 아니다. 또한 새로운 가능성이기도 하다.

병원에서 신경 독증을 앓던 이기 곁을 지키며—두려움과 공황감이 밀려오는 가운데—깨달은 사실이 있다. 건강이라는 나라로 다행히 돌아온 지금도 확신한다. 이기와 보낸 시간이 내 인생에서 가장 행복한 시간임을. 이는 내가 알고 지낸 다른 어느 행복보다 뚜렷이 감지되는, 부인할 수 없는, 결코 줄어들지 않는 성질의 행복이다. 단지 행복한 순간들로 이루어진 것이 아니기에. 전에는 그게 우리에게 주어지는 행복의 전부인 줄 알았다. 이 행복은 퍼져나가는 행복이다.

그런 까닭에 이 행복을 영속하는 행복이라고 부르고픈 유혹을 느끼곤 하지만, 세상을 뜰 때 내가 이 행복을 가져가지 않으리란 걸 안다. 기껏해야 내가 이 행복을 이기에게 전할 수 있길 바라고, 자기가 이 행복을 창조했다고 이기가 느낄 수 있게 하고 싶을 따름이다. 실제로, 여러 방식으로, 이기가 창조하기도 했으니까.

아기는 잘 보듬어졌던 경험은 기억하지 못한다—아기는 충 ^{위니콧} *분히 보듬어지지 못했던 정신적 트라우마의 경험을 기억한다.* 어떤 이들은 이 문장에서 어린아이들의 전형적인 배은망덕함을 책망하는 레시피를 읽어 낼지도 모른다. *내가 너한테 얼마나 헌신했는데* 등등. 내게 이 문장은, 적어도 지금으로서는, 어마어마한 안도감과 함께, 이기에게 아무 기억도 주지 말아야겠다는 의지를 부추기는 종용으로 다가온다. 기억은 없어도 자기가 과거 언젠가 가지런히 잘 보듬어졌다는, 진짜라는 느낌을 갖도록 보살펴졌다는, 아

마도 무의식적일 감각만은 남겨 주고 싶다.

이게 엄마가 내게 해 준 일이다. 하마터면 잊을 뻔했다.

그리고 이제, 말할 수 있을 것 같다—

네가 가능성으로 다가왔다는 걸 알았으면 해—확실했던 적은 한 번도 없지만 언제나 가능하게 여겼다는 걸—어떤 특정한 순간이 아니라 여러 달에 걸쳐, 심지어는 여러 해에 걸친 노력과 기다림과 부름 가운데 그랬다는 걸—때로는 확신에 가득 차 있었고 때로는 당혹감과 변화로 동요했던 사랑이지만, 언제나 점차 깊어지는 서로에 대한 이해라는 책임에 헌신하기로 약속한 가운데—하나는 다행히도 남성도 여성도 아니고 다른 하나는 (대략) 여성인 두 인간 동물이, 마음 깊이서부터, 아주 끈덕지게, 생생하게 네 존재를 바랐다는 걸.

신경 독증을 앓던 이기가 퇴원한 날, 우리는 거실에서 댄스 파티를 하며 자축했다. 나와 아일랜드 삼남, 넷이서만. 아일랜드 삼남이란 별명은 이런 때 외에는 거론되지도 고려되지도 않는 세 사람 각자가 지닌 아일랜드 계통과의 연결 고리를 기리는 차원에서 나왔다. 우리는 자넬 모네의 「타이트로프」를 몇 번이고 재생한다(노이즈 메탈만 수년간 들어 온 해리도 이제는 케이티 페리, 대프트 펑크, 로

드의 신곡이나 신보의 세부 요소를 논하려 탑 40 순위를 파악하고 지낸다). 이기의 큰형은 동생을 겨드랑이째 붙잡아 어지럽게 빙글빙글 돌리고, 너와 나는 이기의 통통한 다리가 창문이나 소파 옆 테이블에 부딪칠까 봐 부산을 떤다. 일곱 살 터울의 형제다 보니 아니나 다를까 내가 원하는 것보다 훨씬 거칠게 놀 때가 있다. *이기가 얼마나 좋아하는데!* 이기의 머리에 씌운 무거운 인조모 담요 좀 잠깐 거두어 보라고, 이기가 숨이 막히는 건 아닌지 확인해야 하지 않겠냐고 내가 말할 때마다 이기의 형은 이렇게 대답한다. 하지만 대개 형 말이 맞다. 이기는 정말 좋아한다. 이기는 형과 같이 노는 걸 정말 좋아하고 형도 동생과 노는 걸 정말 좋아한다. 이렇게 좋아할 줄은 꿈에도 몰랐다. 형은 동생을 끌고 학교 운동장을 오가며 대개 딴 데 신경이 팔린 친구들에게 자기 동생 머리가 얼마나 보들보들한지 보라고 자랑하길 특히 좋아한다. *되게되게 보들한 머리 만져 볼 사람?* 하고 행상처럼 외친다. 두 아이가 같이 노는 걸 보며 스트레스를 받기도 하지만 드디어 내가 모호할 것 없이 명백히 좋은 일을 했다는 기분도 든다. 의붓아들에게 명백히 유익한 일을 했다고. *내 거야, 전부 내 거야.* 동생을 안아 들고 옆방으로 달려가며 형은 말한다.

생산하지도 말고 재생산하지도 말라고 내 친구는 말했다. 그런데 사실 재생산이라는 건 없다, 생산 행위들이 있을 뿐이지. 결여는 없다, 욕망하는 기계들이 있을 뿐이지. 탈주하는 항문들, 질주하는 보지들, 거세는 없다. 온갖 신화와

앤드루 솔로몬

들뢰즈/가타리

216

설화를 옆으로 제치면, 우리도 볼 수 있다. 아이들의 존재 유무와 상관없이, *진화가 부리는 농담을—진화는 목표가 부재한 목적론이며 우리는 여타 동물처럼 없음을 낳는 기획임을.*

필립스/버사니

그런데 정말 없음이, 무라는 게 있기는 한가? 모르겠다. 내가 아는 건 우리가, 얼마 동안이 될지는 아무도 모르지만, 우리의 돌봄, 그 진행 중인 노래로 여기 활활 타오르고 있다는 것이다.

감사의 말

이 책의 일부는 각기 다른 형태로 발표된 바 있습니다. '경향들'Tendencies(이브 코소프스키 세지윅을 기리기 위해 팀 트레이스 피터슨의 큐레이팅으로 뉴욕 시립 대학교 대학원에서 열린 시리즈) 행사의 강연 형태로, A. L. 스타이너의 2012년 작품「강아지와 아기」설치 행사용 책자로(아더와일드 발행), 문예지『주빌랫』jubilat,『틴 하우스』Tin House,『플런트』Flaunt와 선집『몽테뉴 이후』After Montaigne (조지아 대학교 출판부, 2015)에 발췌문으로. 이 책을 집필하는 과정 내내 후원해 준 크리에이티브 캐피털 재단의 문학 지원금에 감사를 표합니다.

언제나처럼 PJ 마크에게, 그의 기민한 지성과 나에 대한 꾸준한 믿음에 특별한 감사를 전합니다. 내 행운에 감사하며. 편집 작업에서 깊은 지혜와 지지를 보태 준 이선 노소스키에게, 그리고 케이티 더블린스키에게도 감사드립니다. 조언과 도움 그리고/또는 영감을 제공한 다음 분들에게도 감사를 표합니다: 벤 러너, 율라 비스, 타라 제인 오닐, 웨인 쾨스텐바움, 스티븐 마체티, 브라이언 블랜치필드, 데이나 워드, 즈미 제임스 키드, 마카레나 고메즈-바리스, 잭 핼버스탬, 재닛 사르바네스, 타라 젭슨, 안드레아 폰트넛, 에이미 실먼, 사일러스 하워드, 피터 가돌, A. L.

스타이너, 그레첸 힐데브랜, 수잰 스나이더, 신시아 넬슨, 안드레스 곤잘레즈, 에머슨 휘트니, 애나 모스코바키스, 세라 망구소, 제시카 크레이머, 엘레나 보글, 스테이스 포스턴, 멜로디 무디, 바버라 넬슨, 에밀리 넬슨, 크레이그 트레이시, 콜로라도주 오로라 소재 어린이 병원의 퍼플 팀. 내 아일랜드 삼남에게: 매일매일의 존재와 지지와 사랑에 고마움을 표합니다. 세 사람이 나를 찾아 너무 기뻐.

이 책의 시간 가운데 우리 곁을 떠난 이들을 사랑으로 기억하며: 필리스 드챈트(1938~2010), 이브 코소프스키 세지윅(1950~2009), 라사 데 셀라(1972~2010), 그리고 맥시멈 도지(1993~2012)에게. 자주 생각합니다.

해리 도지 없이는 이 책 또한 존재하지 않았을 것입니다. 그의 지성, 섹시함, 비전, 굳건함, 그리고 재현되고자 하는 의사가 이 기획을, 다른 여러 일과 더불어, 가능하게 해 주었습니다. 혼인이 무엇일 수 있는지 보여 줘 고마워―무한한 대화, 끝이 없는 되어 감일 수 있음을 보여 줘서.

아르고호의 선원들

1판 1쇄 2024년 5월 30일 펴냄

지은이 매기 넬슨. 옮긴이 이예원.
펴낸곳 플레이타임. 펴낸이 김효진. 제작 상지사.

리시올. 출판등록 2016년 10월 4일 제2016-000050호.
주소 경기도 고양시 화신로 298, 802-1401.
전화 02-6085-1604. 팩스 02-6455-1604.
이메일 luciole.book@gmail.com.
블로그 playtime.blog.
플레이타임은 리시올 출판사의 문학/에세이 브랜드입니다.

ISBN 979-11-90292-27-6 03800